Fables nouvelles.

FABLES

NOUVELLES,

de Bourgeois-Éguillon.

Nosce te-ipsum.

TOME PREMIER.

A SAINT-QUENTIN,

CHEZ L'AUTEUR;

ET CHEZ LES PRINCIPAUX LIBRAIRES DE PARIS

ET DES DÉPARTEMENS.

1830.

Sᵀ-QUENTIN. — IMPRIMERIE DE COTTENEST.

PETIT AVERTISSEMENT.

Que dire de nouveau sur l'apologue, après ce qu'en ont écrit les Le Batteux, les La Harpe, les Marmontel et les Champfort?

Que dire de plus, et surtout de mieux, sur La Fontaine, après la dernière vie que nous a donnée de ce grand homme, le digne Magistrat par lequel notre département s'honore et se félicite d'être administré?

L'auteur devra-t-il parler de lui, du plan de son ouvrage, des sources où il a puisé? Il avait fait sérieusement, en prose, une épître dédicatoire, un avant-propos, voire même une introduction; toutes réflexions faites, il s'est dit que c'était beaucoup de fracas pour un opuscule.

S'il doit mourir en naissant, tout ce qu'il en aura pu dire ne le fera pas vivre un jour de plus; que s'il est goûté, plus il le sera, plus il devra tribut au malin; et dans ce cas, il sera toujours temps de profiter des bons avis de la critique pour corriger l'ouvrage ou le défendre.

AVIS DE L'ÉDITEUR.

CᴴᴬQᵁᴱ volume contient cinq livres, et chaque livre vingt fables.

Chaque livre finissant par quelques fables qui se rattachent à un sujet plus ou moins dramatiquement traité, pourra prendre le titre de ce sujet. Ainsi l'on pourra dire :

PREMIER VOLUME.

Du 1ᵉʳ livre, Livre *du Lièvre et du Lapin.*
Du 2ᵉ, — Livre *de l'Ane.*
Du 3ᵉ, — Livre *du Chien Moufflard.*
Du 4ᵉ, — Livre *des Paons.*
Du 5ᵉ, — Livre *de l'ami Jean.*

DEUXIÈME VOLUME.

Du 6ᵉ livre, Livre *du Lion.*
Du 7ᵉ, — Livre *du Bœuf et d'Io.*
Du 8ᵉ, — Livre *du Loup et du Renard associés.*
Du 9ᵉ, — Livre *de l'Éléphant.*
Du 10ᵉ, — Livre *d'Alcipe.*

LE FABULISTE

ET LE FINANCIER GRAND SEIGNEUR.

———

A la Ville de St-Quentin,
Le Fabuliste reconnaissant. [1]

———

QUELQUE souple qu'on soit de cœur, de caractère,
Savoir se ménager le moindre protecteur
    N'est pas une petite affaire.
A certain financier, haut et puissant seigneur
De son endroit, du reste homme fort ordinaire,
Certain auteur faisait la cour. Or cet auteur
Voulait faire imprimer un important ouvrage,
Qu'il jugeait tel au moins, en tout bien, tout honneur.
    Se faire imprimer est-ce sage ?...
Depuis le roi David et son fils Salomon,

———

[1] L'auteur, ô mes Concitoyens, n'ose dire *son* fabuliste, tant qu'un peu de célébrité ne lui en donnera pas le droit. Cependant, ayant été, devant témoins, salué de ce titre par un de vos premiers Magistrats, bon connaisseur, il ambitionne ce titre avec enthousiasme sans doute, avec orgueil peut-être; et surtout avec gratitude. C'est donc à le mériter qu'il va travailler et consacrer le reste de ses jours.

Dont les œuvres ont eu plus d'une édition,
D'imprimer à crédit l'on a perdu l'usage.
Et comme on pense bien, l'auteur n'a pas le sou.
  Ne sachant donc ni comment, ni par où
    Se tirer de son bout de rôle,
Au seigneur financier il va gratter l'épaule.
  Eh bien ! lui dit celui-ci : sans façon
    Faites une souscription ;
    En tête je mettrai mon nom.
Optime jusque-là ; mais monseigneur ajoute :
  Quand vous serez une fois bien en route,
  Quand vous aurez bien au-delà des frais,
    Au lieu d'une sotte préface,
    Faites-nous une dédicace ;
Adressez-la moi, hein ? — Certes, dit l'autre ; mais
Dans son certes très-mal, oui, fort mal il déguise
De l'hésitation, certain air de surprise.
Monseigneur le comprend, et notre pauvre auteur,
  Par une simple balourdise
S'est fait un ennemi cruel de ce seigneur.

    Pour éviter cette disgrâce,
    O mes dignes Concitoyens !
On me dit, je le crois, qu'un des meilleurs moyens
Est de vous dédier mon opuscule en masse.
    Qu'il plaise à tout rang, toute classe,
Il ne manquera pas d'amis et de soutiens.

Introduction.

Jusqu'au sommet du double Mont
Désespérant d'atteindre, avec tristesse
Je me grattais l'oreille et me frappais le front,
    Errant à l'entour du Permesse ;
    Quand, fatigué, je m'endormis.
    Il faut ici, mes bons amis,
    Que je vous retrace le songe
    Que, malgré moi, je vous jure, je fis.
    N'y croyez pas, rêve n'est que mensonge.
    D'abord, sur ma tête je vis
Défiler Apollon et sa cour plénière :
C'était jour d'assemblée. Un rayon de lumière
    Vint alors dessiller mes yeux.
    Sans ce secours quel mortel téméraire
Oserait contempler la majesté des Dieux !
    Or je crus voir Apollon me sourire.
    Il est, je crois, déjà j'ai dû le dire,
    Plus d'un souris; il en est d'amitié,
D'intérêt, de mépris. A moins qu'ici ma muse
    D'un très-sot orgueil ne s'abuse,
Ce souris-là n'était qu'un souris de pitié.
    J'entends bientôt Thalie à Melpomène

Disant : Ce n'est pas-là notre homme; de la scène
  Il ne pourrait supporter les tracas.
    Erato, plus loin, dit tout bas
    A sa compagne Polymnie :
Dans sa jeunesse il fut des nôtres; son génie
  Est trop ami de la simplicité,
L'ode ne souffre pas la médiocrité;
De rimer sans objet long-temps fut sa manie.
    Tout le reste du sacré chœur
Aurait peut-être ainsi drapé son serviteur;
    Quand, d'un clin-d'œil, la scène change,
  Et dans un rêve il n'est rien là d'étrange.
    Soudain, vers le plus haut des cieux
    Se déroule devant mes yeux
Un cercle d'or, cercle incommensurable,
A l'entour, au dehors, les amans de la fable,
Tous ceux dont, ici-bas, le mérite est classé,
Placés tous par degrés, à distance équitable,
Se pressent, sans qu'aucun l'ait jamais dépassé :
Tandis qu'au centre, ainsi qu'aux centres de leurs mondes
    Doivent briller tous les soleils,
L'ami Jean, au milieu de clartés sans secondes,
    Éclipse à jamais ses pareils.
    De très-loin, moi chétif, indigne,
  Je me tenais; quand le Dieu me fait signe
De m'approcher. Doutant de ce bonheur insigne,
  J'hésitais; quand un agent du Destin
    S'en vient me prendre par la main,

Et m'introduit au pied du trône de mon maître.
J'allais me prosterner. Vous devez me connaître
    Suffisamment, dit-il avec bonté,
Pour ne pas dégrader, pour moi, la dignité
    Que le ciel imprime à notre être :
Cet hommage n'est dû qu'à la divinité.
Je sais que vous m'aimez avec sincérité.
Peut-être même on a mes fables dans la poche.
Comment à l'apologue aujourd'hui peu goûté
    Vous livrez-vous, sans craindre le reproche
    Du mauvais goût, de la frivolité?

    Se recueillant un moment, La Fontaine
        Ensuite reprend en ces mots :
Nous sommes tous les deux une preuve certaine
Qu'à chaque être le ciel seul départit ses lots.
        Quoiqu'ayant pour ami sincère
        Un Jean Racine, un Molière,
        Surtout le censeur Despreaux;
Pour protecteurs des princes, des héros,
        Pour prôneuses, Lasablière,
Montespan, Sévigné, surtout Ninon Lenclos!
Sablant, pour Hippocrène, un pétillant champagne,
        Au sein des plaisirs, des amours,
        Soit à la ville, à la campagne,
        Ou dans la plus belle des cours,
    Indolemment laissant couler tes jours,
A ma place, ton cœur eût perdu de sa flamme,

Trop de bonheur eût énervé ton âme.

De mon côté, comme toi, dans mon coin

Me morfondant, en proie au dur besoin,

Moi, qui de nul souci ne pus prendre habitude,

Malgré la plus constante étude,

Je n'eusse jamais contracté

Ni cette originalité,

Ni ce je ne sais quoi qu'on appelle *mon faire*.

Tu vas me demander d'expliquer ce mystère ;

Le voici, mon fils, en deux mots :

Dans un cercle brillant, à travers les propos

Les plus charmans, les plus aimables,

Je m'isolais, pour suivre en quelques fables

Jeannot lapin, et renards et corbeaux.

Toi, dans ta triste solitude,

De rentrer en ton cœur ayant pris l'habitude,

Tu traduisais devant son tribunal,

Tantôt quelque faquin, tantôt un animal ;

Et c'est ainsi qu'en sa bonté suprême

Le ciel nous fit observer à tous deux

Cet oracle à jamais fameux,

Le fameux « *connais toi toi-même.* »

Et c'est ainsi... L'esprit émerveillé,

J'allais... quand en sursaut je me suis éveillé.

Mais, ô lecteur ! voilà ma peine extrême,

Plus d'une fois n'avez-vous pas baillé ?

FABLES NOUVELLES.

LIVRE PREMIER.

La Cigale et les Fourmis.

(Imitation de LA FONTAINE. *Livre 1ᵉʳ, fable 1ʳᵉ.)*

Un ruisseau débordé par suite d'un orage,
D'une fourmilière, hélas ! presqu'en entier
   Vient d'inonder, de détruire l'ouvrage :
   Un tiers au plus s'est sauvé du naufrage.
Les coureuses en vain cherchent l'ancien sentier
      Du grenier,
   Riche et vrai grenier d'abondance !
Encor si l'on était au printemps ! mais l'hiver,
   Le cruel hiver qui s'avance,
De réparer le mal laisse peu d'espérance.
   L'insecte au manteau toujours vert,
La Cigale, apprenant cette triste infortune,
   S'en va trouver les chefs de la commune.
   Je viens, leur dit-elle, j'accours
   Vous offrir mes légers secours.
Je m'y prendrai d'abord mal..., mais j'irai toujours :

Puis ma petite ritournelle
A vos soucis pourra donner un autre cours.
  Faut-il faucher herbe nouvelle,
  Creuser, agrandir quelque trou ?
J'ai mon croissant. Voyons, indiquez-moi par où
  Commencer. Surpris de son zèle,
Quelqu'un lui dit : Eh quoi ! c'est envers la fourmi
  Que vous en agissez ainsi !
Ne vous souvient-il plus comme elle vous fut dure ?
  Comme au refus elle joignit l'injure ?
Elle ignorait alors ce que c'est que souffrir,
  Répond-elle ; aujourd'hui peut-être
De meilleurs sentimens dans son cœur pourront naître :
Souffrante, aux maux d'autrui j'apprends à compâtir.

<hr/>

Le Renard et le Corbeau.

(Imitation de LA FONTAINE. *Livre* 1er, *fable* 2.)

Malgré tout son génie en ruses si fertile,
Dans un piége un renard était pris, bel et beau,
Patte et queue. En effort, hélas ! bien inutile,
  Il se consume, y suant sang et eau.
  Passe dans l'air maître corbeau.
  C'est notre escroqueur de fromage,
Dit-il. Eh quoi ! c'est vous monsieur le doux flatteur,

Dieu me garde qu'ici mon cœur
Vous rende outrage pour outrage :
Voyons plutôt si je ne pourrais pas
Vous tirer de ce mauvais pas.
Seigneur, dit le renard, sur ma reconnaissance
Fiez-vous... les renards ne sont pas des ingrats.
Votre âge et votre expérience,
Dans l'avenir votre science,
Votre... Vous me flattez encor, dit le corbeau,
Serait-ce pas un tour nouveau?
Mais, je l'ai bien juré : de vous sans doute
J'ai trop appris que tout flatteur
Vit aux dépens de celui qui l'écoute;
Je n'y serai plus pris; adieu, monsieur!
Et mon corbeau de poursuivre sa route.
Renard lui crie : Adieu, vieil oiseau de malheur!

L'injure suit de près l'éloge adulateur.

Le Cerf mourant et le jeune Chasseur.

(Synonymes français, art. 450.)

Un cerf, depuis plusieurs printemps
Avait perdu sa compagne fidèle,
Tombée, ainsi que ses enfans,
Sous les coups redoublés d'une meute cruelle,

Sous ceux de l'homme, hélas ! bien plus cruel encor !..
Aussi, n'aspire-t-il qu'à s'attirer le sort
    De sa malheureuse compagne.
Aussi, de bois en bois, de campagne en campagne,
S'offre-t-il aux chasseurs, provoque-t-il la mort.
Il est enfin chassé; soit amour de la vie,
Pour éprouver peut-être encore ce qu'il vaut,
    Deux jours entiers, déjouant leur furie,
    De Balthasar, de Rampon, de Briffaut,
Il a plus d'une fois mis la meute en défaut.
    De lassitude à la fin il succombe.
      Sur le point d'être en proie aux chiens,
Se rappelant sans doute et sa femme et les siens,
    De ses yeux une larme tombe.
    Papa, papa, dit l'enfant du seigneur,
      N'écoutant que son jeune cœur,
      Voyez, voyez donc comme il pleure !
    Je ne veux pas, ne souffrez point qu'il meure;
    Ne souffrez pas qu'on lui fasse de mal :
Mais le cerf a déjà reçu le coup fatal.
    Cette innocente et sensible prière,
      Chez le malheureux animal
De ses pleurs concentrés ouvre, rompt la barrière :
    Son âme y fondra tout entière.
Je meurs content, dit-il; à travers ses sanglots
    Remerciant l'enfant, en peu de mots,
      Lui-même apaise ses alarmes.

,D'un cœur voulant s'ouvrir à des *épanchemens*,
Un mot provoquera l'*effusion ;* des larmes
Qui s'échappent enfin, après de longs tourmens,
　　Inondent bientôt, par torrens,
Le sein de l'amitié. Combien ces sentimens
A l'âme soulagée offrent encor de charmes !

Les Chasseurs bienfaisans.

(Synonymes français, art. 1004.*)*

Sur des montagnes de la Suisse
Chassaient un grand seigneur, un gros négociant.
　　Dans ce pays on sait qu'il est fréquent
De trouver sous ses pas maint et maint précipice.
　　Le seigneur aperçut de loin
　　Un voyageur tomber et disparaître :
Il vole pour porter du secours au besoin.
En son chemin, il trouve un berger faisant paître
　　Sur le penchant d'un roc quelques chevreaux ;
　　Il le requiert, ils arrivent au gouffre.
　　Heureusement à quelques arbrisseaux
Le voyageur restait suspendu. Que je souffre,
　　Dit le seigneur, de ne pouvoir
De ce danger tirer cet homme. Laissez faire,
　　Dit le berger, le reste est mon affaire :
Avant une heure ici vous allez le revoir.

Le berger est grand et robuste ;
Soudain, de roc en roc et d'arbuste en arbuste,
    Jusqu'au voyageur il descend,
Le charge sur son dos, non sans efforts, sans peine.
    Au bord du gouffre il le ramène.
    Fort bien, dit le négociant
    Qui vient d'accourir hors d'haleine,
    Dans ce malheureux accident
Vous avez apporté tous les deux, *secours, aide;*
    Ne pensez pas que je vous cède
    Ma part d'une bonne action ;
Il me reste à remplir les devoirs d'*assistance.*
Tirant sa bourse : Ami, voici ta récompense,
Dit-il au bon berger. Connu dans le canton,
Le voyageur était au moins dans l'indigence,
Il l'assiste, et répand l'aisance en sa maison.

Le négociant fut sensible et charitable :
    Le seigneur, homme et généreux :
    Le berger, bon, officieux :
    Quel beau sujet!... pour une fable.

Le Singe, le Renard et le Serpent.

(Synonymes français, art. 727.)

Mécontens du lion, le singe, le renard,
 Associés au serpent se liguèrent,
 Suivant leurs moyens complotèrent,
 Pour compromettre, tôt ou tard,
De son gouvernement la gloire et l'existence.
 Le singe dit : Par mainte *manigance*,
 Par maint tour furtif et rusé
 J'aurai bientôt dépopularisé
Ce maître altier. Et moi, par maint *manége*,
 Dit le renard, je prétends sur leur siége
De tous ses courtisans obscurcir la raison,
 Les amener à mes fins. Moi, j'espère,
 Dit le serpent, dans le mystère
 Ourdir si bien ma *machination*
 Qu'il ne sera pas même nécessaire
 De mettre en œuvre le poison.
Les voilà donc chacun, suivant son caractère,
Dans l'ombre complotant ; mais l'indiscrétion
 De Bertrand qui n'est qu'un brouillon,
 A bientôt éventé l'affaire.
 Ils sont arrêtés : le lion
 Les fait livrer à la justice.

Puissent dans leur juste supplice
Certains machinateurs trouver une leçon.

~~~~~~~~~~~~~~~

Les Lapins et le Renard.

De votre côté tout voisin
Qui cherche à s'agrandir est toujours incommode.
Si plus que vous il est puissant, soyez certain
   Qu'il vous nuit. Sans chercher d'épisode,
   Ni ma preuve en tel souverain
  Rêvant toujours conquête sur conquête,
   Je la trouverai toute prête
   Dans le misérable destin
   De Jeannot lapin, douce bête,
Maître et seigneur d'un trou, *lequel de père en fils*
Fut de Pierre à Simon, puis à lui Jean transmis.
  A l'abri donc des lois et de l'usage,
   Il en jouissait lui, les siens.
   C'était dans un lieu trop sauvage
   Pour y craindre furets et chiens :
   Aussi, comme en un ermitage,
   Il y vivait, soir et matin
  Tondant en paix le serpolet, le thym.
Mais voilà qu'une nuit que Jean ne dormait guère,
   Il entend, près de son logis,
   Gratter et remuer la terre.

Qu'est-ce, dit-il? Sont-ce les ennemis?

Jeannot, comme l'on sait, n'est pas foudre de guerre;

Il éveille sa femme, il éveille ses fils;

    Tout en sursaut chacun s'éveille,

    Chacun au bruit prête l'oreille,

    Se demande d'où le bruit part?

Qu'est-ce, se dit chacun? Or c'était le renard.

    Par mainte fouille souterraine,

  Pour dérouter les chiens et les furets,

  Il a si bien agrandi son domaine,

    Augmenté les détours secrets

De ses terriers, qu'il se rencontre auprès

Du trou de Jean lapin; il le sent. Quelle aubaine!

Il redouble d'efforts, et se trouve bientôt

    Avec la famille éperdue.

    Quel spectacle!.. C'est, en un mot,

C'est celui d'une ville, hélas! prise d'assaut!

    Il égorge, il étrangle, il tue:

    Et quand, sans peine, sans remords,

    Ainsi que Pyrrhus en sa rage,

Dans cent Troyens pensait immoler cent Hectors,

    Ivre de sang et de carnage,

  Il ne se voit entouré que de morts,

A son domaine il joint le modeste héritage.

Rien de plus dangereux qu'un puissant voisinage!

Le Fruit défendu.

Que j'aime à lire en la genèse
L'histoire du fruit défendu !
Esprits forts, ne vous en déplaise,
Rien ne m'est mieux prouvé, j'en suis tout convaincu,
    D'Eve et d'Adam je suis bien descendu.
La femme ! quelle est bien encor la même femme !
Pétrie et de faiblesse et d'amabilité,
    La simple curiosité,
Ainsi qu'aux premiers jours domine encor son âme
    Et son cœur !... Ah ! la sensibilité,
Ainsi qu'aux premiers jours, et l'exalte et l'enflamme !
Son empire sur l'homme est toujours assuré.
A la séduction du tentateur superbe,
    La voyez-vous ? A peine elle a cédé,
Volant, son pied joli rasant à peine l'herbe,
    A son ami, son amant, son époux
Elle porte sa part d'un fruit si beau, si doux.
Adam ! vois, qu'il est beau ! goûte, goûte, mon âme !
    Adam s'écrie : O femme, femme !
    Qu'as-tu fait ?... Tu nous as perdus !...
    Perdus, dit Eve, hélas ! je n'en veux plus !
    Pour ton malheur Eve, Eve serait née !...
Pour son malheur, ô Dieu ! m'aurais-tu donc formée !..

Ah ! malheureux serpent, tu m'as trompée !...
Donne, reprend Adam : dans le bien, dans le mal

Je veux suivre ta destinée !
Il dit... et goûte au fruit fatal.
A tous les maux voilà sa race condamnée !..
Et par-là je reviens à mon premier début.
Nous payons chacun le tribut
A l'orgueil, la faiblesse. Hélas ! c'est le servage
Que nous héritons tous de nos premiers parens.
Le plus petit, le plus noble ménage
Nous représente à tous momens
Cette scène du premier âge.

La Réconciliation.

C'est bien lui... — C'est vous ?.. — Eh c'est toi !..
Parbleu, la rencontre est heureuse.
J'allais faire, et bien malgré moi,
Une démarche aventureuse.
Ainsi s'aborde une paire d'amis,
De gens au moins qui le furent jadis
Assez pour se revoir sans haine. Est-il permis
De m'informer ?.. dit l'un. — Tu vois à mes habits
Que ma passe est assez fâcheuse,
Répond l'autre ; il n'est pas de petits ennemis :
Sache l'état où nos débats m'ont mis.

2

Sans place, et bientôt sans ressource,
Bientôt sans le sou dans ma bourse,
C'est bien assez se venger, Dieu merci !
Prête-moi cent écus; prête, et crois, sur mon âme,
Qu'en pareil cas j'en agirais ainsi,
Si c'est l'amitié qui réclame,
Dit l'autre, en lui serrant la main,
Ton espoir ne sera pas vain,
Au lieu de cent écus, je t'en veux prêter mille.

Eh bien ! que t'en semble, lecteur !
Lequel des deux a le plus noble cœur?
La proposition certes n'est pas futile.
Mais, j'entends notre vieux censeur,
Entre ses dents tout bas il glose,
En tout cela peut-être il n'est pas d'amitié.
Chez l'un deux c'est besoin, chez l'autre vanité,
Chez l'un et l'autre originalité;
Je n'y vois pas trop autre chose.

Le vieux censeur, certes, n'eût pas prêté.

L'Aigle et l'Escargot.

S'il n'est pas de petite haine,
(On connaît les débats de l'aigle et l'escarbot) [1]

---

[1] La Fontaine. Liv. 2, fable 8.

Il n'est pas de petits bienfaits. Lorsque, sans peine,
  Riches et grands, vous pouvez, d'un seul mot,
Vous faire aimer, bénir !... Dites-en par centaine.
    Dans ses mains un jour un marmot
En tenait un. Eh mais ! il faut qu'ici je dise
    Ce qu'il tenait : c'était un escargot ;
Gros limaçon, portant coquille pour chemise.
Depuis une heure au moins le petit polisson
    Le tourmente et le tyrannise.
Il va l'écorcher vif en brisant sa maison,
Lassé de lui corner cette vieille bêtise
Que j'aime, quand j'en tiens, même à chanter encor.
L'insecte craignant pis, se démène, déploie
Ses cornes ; eût crié comme quand on se noye,
S'il l'eût pu ; quand un aigle en l'air passe. L'essor
Épouvante l'enfant, l'enfant lache sa proie.
    Vous jugez avec quelle joie
    Colimaçon retourne à ses amours !

Et que coûtait à l'aigle un si puissant secours ?
Quoiqu'avec les limas l'aigle ait peu d'habitude,
    Colimaçon peut-être, quelques jours,
Lui pourra témoigner toute sa gratitude.

~~~~~~~~~~~~~~~~~~

L'Escargot reconnaissant.

Ci-dessus nous venons de voir
Comme un matin, d'autres disent un soir,
A l'escargot l'aigle fut d'un grand aide.
Or, il faut l'avouer, ce fut sans le savoir;
    Il volait chercher un remède
Pour un de ses aiglons (bon sang ne peut mentir)
    Qui déjà las de la couvée,
    Impatient de parvenir
Jusqu'au plus haut de la voûte éthérée,
Ayant trop tôt fixé ses yeux sur le soleil,
Était en grand danger de perdre au moins un œil.
    Ganymède, Jupin lui-même,
L'Olympe s'intéresse à cette guérison :
Rien n'y fait; cataplasme ophtalmique, aposème,
    Ni mainte consultation,
    Esculape craint un œdème,
    Et dit qu'il y perd son latin.
    Quoi ! s'écriaient et l'aigle et Ganymède ,
    Nous ne pouvons espérer rien,
    On ne trouve pas de remède.
Quoi ! dans l'Olympe un mal est sans espoir ! Au fond
    De sa luisante solitude
La nouvelle en parvient à notre limaçon.

Aux élans de sa gratitude
Cédant soudain, il part : plus, outre sa maison,
  Il prend avec lui de ses pères
  Les ossemens, coquilles si l'on veut;
Tant bien que mal, rampant le plus vite qu'il peut,
  Il arrive aux célestes aires
  Où les aigles tiennent leurs cours.
  Messeigneurs, leur dit-il, j'accours
Vous payer le tribut de ma reconnaissance.
  Certes, petite est ma science,
Mais dans un vieux lexique un jour j'ai lu
Que de nos os la cendre avec le miel mêlée
  Devenait une panacée
Pour tout mal d'yeux, et je m'en suis pourvu.
  Je ne sais si d'une cabale
Il n'eut pas à souffrir; mais voici ma morale :
  Un bienfait n'est jamais perdu.

Le travail opiniâtre.

  Un enfant, par méchanceté,
  Espiéglerie ou curiosité,
Venait de bien boucher, au moyen d'une pierre,
  Le trou d'une fourmilière.
  Voyez-vous ce peuple effaré,
Allant, venant autour de la barrière ?

A Sparte, Athènes, ou toute autre cité,
   Où Philippe portait la guerre,
   L'on n'était pas plus agité.
Enfin, avec un peu d'humidité,
   Et force coup de tarrière,
   Les fourmis percèrent un trou,
Non pour un éléphant, mais suffisant, par où
   La reine passa la première ;
Si tant est que chez eux roi, reine aient existé.

   Persévérance, opiniâtreté,
   Viennent à bout de toute affaire.

Le Lièvre philosophe.

   Un lièvre de la même étoffe
   Que celui de notre ami Jean,
Non moins poltron sans doute, et non moins philosophe,
   Etait aussi dans son gîte songeant ;
   C'était aussi sur sa triste nature
   Que de son cœur il allégeait le poids.
   Le faible a toujours quelqu'injure
A digérer : chacun méconnaissant ses droits,
   Contre un chacun à son tour il murmure.
   Ce n'est donc pas, disait mon lièvre, assez
   Que contre notre pauvre espèce

Les appétits du loup, du renard soient sans cesse
    Naturellement exercés,
  Il faut encor que cette humaine engeance
    Ait contre nous des chiens dressés !
    Si jamais désirs de vengeance
    Du ciel devraient être exaucés,
    Sans trop nous flatter, que je pense,
  Ce serait bien les nôtres; car enfin,
    Quel mal un lièvre peut-il faire?
    Songer creux; du soir au matin
    Nous ébattre sur la fougère :
    Voilà tout. Vraiment le destin
    Nous est aussi par trop contraire.
  Disant ces mots, il voit, au coin d'un bois,
Un sanglier, un loup se jetant à la fois,
Sur un passant; bientôt sous leurs coups il succombe.
  Plus loin il voit deux soldats féraillant,
  Le sabre au poing; l'un des deux, blessé, tombe;
Même ce n'était pas, dit-on, le moins vaillant !
  Oh! oh! rumine à part soi notre lièvre,
De tout ce qu'il a vu les sens tout ébahis :
L'homme n'a pas assez de tous ses ennemis;
Le sanglier, le loup, la gravelle, la fièvre;
  Il faut encor que, pires que les loups,
    L'un l'autre de sang froid s'égorge;
    Ils sont plus à plaindre que nous;
    Le ciel nous venge assez d'eux tous !
    Déjà mon lièvre se rengorge,

Tout fier de ces réflexions ;
Quand un coup de fusil parti des environs
Le fait bondir, il se dresse, il détale,
Vous laissant, sans plus de façon,
Ami lecteur, poursuivre sa morale.

Le Lièvre habile.

(Synonymes français, art. 804.)

L'obstacle allume le courage,
Il le faut surmonter, s'il arrête vos pas ;
L'empêchement n'est que de l'embarras,
Mais qui par fois vous vexe davantage.
Quand on n'a pas de bonne volonté,
Ou qu'on craint la difficulté,
On les trouve souvent tous deux sur son passage ;
Ils cèdent bientôt au danger.
Un lièvre, on sait qu'il n'est qu'un animal léger,
Qu'un rien, que sa seule ombre agite ;
Un beau matin quittant son gîte,
Où sans doute il était ennuyé de songer,
Voit à sa droite un piége, il l'évite ;
Il en voit un autre à dix pas ;
Plus loin il en découvre encore :
Enfin, autour de lui ce ne sont que des lacs.

Lui qui , léger de soin et de tracas,
Sortait pour recueillir les larmes de l'aurore ,
Se trouve en un bien triste cas.
La prudence , plus que l'audace ,
De ses empêchemens , enfin , le débarrasse.
Quand il voit accourir un chien ,
Basset ou non , un chien de chasse
Suivi de son chasseur , qui tient fusil en main.
Il ne peut se sauver qu'à gauche... quel obstacle !
Un mur au pied duquel est un profond ravin !
Comment le surmonter ? Il faudrait un miracle ;
La peur le fait ; il s'élance , et soudain ,
Hors de danger, le voilà dans la plaine .
Laissant derrière lui Miraut tout hors d'haleine ,
Et son chasseur le doigt sur le déclin.

Pour un lièvre qui n'est ni brave , ni malin ,
Ce n'est pas mal se retirer de peine.

~~~~~~~~~~~~~~~~

Le Lièvre en famille.

Ces jours derniers , nous avons vu
Que par instinct , ou plutôt par miracle ,
Notre lièvre sut vaincre empêchement , obstacle.
Dans sa famille enfin le voilà revenu.
De cette famille chérie
Il reçoit les transports , le soin.

Là seulement, seulement, de la vie
  Se sent le charme, le besoin !
  Il leur raconte en son langage
Qu'un dieu seul l'a sauvé de ce péril affreux.
Levraux sont tout oreille. Une larme, je gage,
  De sa hase obscurcit les yeux.
  Ulysse ainsi de son voyage
  Faisait... Eh non, ce n'était plus cela.
Le charme décevant d'hymen n'était plus là.
Pénélope était vieille, et Télémaque un homme.
Hymen ! quand tu n'es plus amour, ne sais trop comme
  Te définir. De l'amitié
  C'est plus que les douces étreintes.
Pour de tendres marmots, une douce moitié
Belle encore ! ce sont projets, espoirs, et craintes
Où chimère et raison vont... à faire pitié.
L'un sur l'autre chacun mutuellement compte.
Dans la peine un regard ! un mot consolateur !
  Dans l'illusion maint mécompte !
Mais c'est surtout dans un constant chagrin
Que deux cœurs bien placés... ma Sophie !.. ah ! le mien
  Est trop ému pour achever mon conte.

Le Lièvre et le Lapin.

Le pied levé, n'ayant sommeillé que d'un œil ;
De son gîte, un matin, se tenant sur le seuil,

Par ses fonds n'ayant pas encore,
Sur les côteaux de la naissante aurore,
Salué le brillant aspect,
Autour de son logis notre lièvre picore.
Le danger vous rend circonspect.
Mais, son domaine étant de fort peu d'étendue,
Il doit bientôt sur le terrain d'autrui
Aller faire quelque battue.
Laissant donc au logis l'ennui,
(Faut-il qu'un lièvre même en sente le souci!)
Il part, il trotte, il saute, il s'évertue :
Quand, nez à nez, dans son chemin,
Il rencontre Jeannot lapin
Quittant ses trous, l'air morne, et l'oreille abattue.
Eh quoi! lui dit Jeannot, voisin,
Déjà vous! de si grand matin;
Auriez-vous du décret éprouvé la disgrâce?
A vos trousses quelque faquin
Vous aurait-il forcé d'abandonner la place?
Combien sont-ils? Ont-ils des chiens? — De grâce,
Dit le lièvre, ami Jean, parlez-nous clair et net;
La persuasion découle de vos lèvres.
Vous seriez l'orateur des lapins et des lièvres,
Mais, à ces faquins, ce décret
Je n'entends rien. Eh quoi! vous faites la grimace!
Quoi! repart Jean, quoi! vous ne savez pas
Qu'une assemblée atroce, amalécite,
Des lièvres, des lapins a juré le trépas;

Notre race est plus que jamais proscrite.

Plus de chasse,—vraiment?—plus de droits, de seigneur!

Eh mais! mon cher, quel comble de bonheur!

— Oh! qu'avec vos grands yeux votre vue est petite!

Mais nous ne pourrons plus de René Mathurin

Impunément gruger le grain,

Il peut nous tuer sur la place.

— Hein?

— Chacun pourra chasser sur son propre terrain.

Oh! dit l'autre, la chose alors change de face.

Le paysan, libre braconnier,

Nous exterminera tous, et jusqu'au dernier.

— Eh bien! il faut s'expatrier.

— S'expatrier!.. quitter la belle France,

Le seul penser m'en fait frémir d'avance,

Dit Jean. — Il faut pourtant prendre un parti. — Je pense

Qu'il faudrait:... — Jeannot!... Le renard!..

Il accourt, vers nous il s'avance.

Fuyons d'abord sa dent, nous penserons plus tard

Au danger à venir. Soudain chacun s'élance.

J'ai su que, malgré sa science,

Nos amis eurent le bonheur

De déjouer du maître écornifleur

Les ruses et l'expérience.

Le Lièvre émigré.

Qu'orgueil éclate en la prospérité,
   C'est une faiblesse ordinaire;
   Mais qu'au sein de l'adversité,
Il se regimbe encor, il prouve la misère
   De notre pauvre cœur humain.
   Pour obéir à l'ordre souverain
   Du lion exilant bélier et cerf et daim,
   Et toute autre espèce pareille
Portant corne, (en quoi certe il ne fit pas merveille,)
Certain lièvre, craignant qu'un ombrageux voisin
   Ne dénonçât pour corne son oreille,
Crut devoir émigrer dans le pays lointain :
Mais il ne tarde pas à voir que l'infortune
Nourrit aussi l'orgueil de la distinction.
   Quel est celui-ci, disait-on?
   Il n'est pas de condition
   A partager la misère commune
   D'une noble émigration :
   De la colère du monarque
   Son front abject ne porte aucune marque.
Mon lièvre ainsi partout n'excitait que mépris.
   On croit voir ces aristocrates
Qui d'un pareil travers sont encor mal guéris.

Trop heureux de pouvoir regagner le pays,
Mon lièvre compte encor revoir ses dieux pénates,
Escarbots et grillons, ses égaux, ses amis;
    Lièvre mon ami, tu te flattes.
Nous allons voir combien il s'est mépris.

Le Lièvre conspirateur.

Pendant que notre lièvre est en pays lointains,
    Sottement à suivre à la piste,
    Taureaux, béliers et cerfs et daims,
    Dont il ne reçoit que dédains,
Dans son pays il est mis sur la liste
Des émigrés; si bien, qu'à son retour,
Croyant jouir enfin du repos, un beau jour
    Il est traduit devant l'affreux repaire
De tigres, d'ours, s'étant tous érigés, dit-on,
    Après avoir égorgé le lion,
    En tribunal révolutionnaire.
    A l'étranger qu'allais-tu faire?
A notre lièvre crie un exterminateur.
Qui t'a pu faire ainsi quitter les tiens! — La peur.
Vous l'entendez, dit l'autre, en fronçant sa moustache;
    Vous l'entendez, mes frères, c'est un lâche
    Trop digne de notre courroux.
Et qui t'a fait rentrer malgré la loi? — La honte.

— Honte de quoi ? Si ta réponse est prompte,
Elle n'est pas claire pour nous.
Toujours est-il qu'avec furie
Tu conspiras. Allons, renards et loups,
Vengez les lois et la patrie.
Sans trop avoir de regrets à la vie,
Notre lièvre bientôt expira sous leurs coups.

De ce lièvre le sort fut à coup sûr fort triste.
De par le monde on voit plus d'un humain
Ainsi maltraité du destin,
Qu'on pourrait excuser d'être un peu fataliste.

Le Lapin tombé dans des lacs

Par sa vitesse, autant que par hasard,
Comme le lièvre, ayant su du renard
Éviter la chaude poursuite,
Revenu dans son trou, notre pauvre lapin
Sur tout ce qui se passe autour de lui médite.
Quoiqu'il en soit, chaque matin
Sa méditation profonde
Fait place à d'autres soins. La faim
Le fait trottiner à la ronde
Pour grapiller le serpolet, le thym.
Mais, ce décret, ces lois nouvelles,
(Qui troublent bien d'autres cervelles,)

Ce droit de chasse, et de ces paysans
Les vœux, les droits excités en tous sens
Du bon Jeannot bouleversent les sens.
Sur le qui vive il est en sentinelle :
Il a l'oreille au guet. Pauvre Jeannot !
Fiers d'avoir un fusil, Mathurin et Guillot,
Jour et nuit vont te faire une guerre cruelle.
        Ainsi parlait-il; quand bientôt,
Tout oreillè, rêvant chasseur et chien de chasse,
        Au détour d'un buisson, hélas !
        L'infortuné tombe en des lacs
        Dont il n'avait vu nulle trace.
        Jeannot, vigoureux, gros et gras,
Est, s'il en fut jamais, vrai lapin de garenne.
    On vous le porte à la ferme prochaine,
Où de vivre en sultan il n'aura que le soin;
Mais pour lapin du bois c'est toujours l'esclavage !

    Quand maints périls, de près comme de loin,
        Se croisent sur votre passage,
    Il faut veiller; mais las ! homme ou lapin,
    — Ce n'est qu'autant qu'il convient au destin,
        Qu'on peut éviter le naufrage.

Le Lapin et la Poule.

Reste avec nous, ami lapin,
Disait la meilleure des poules
Du poulailler de mon voisin.
Dans ton esprit je vois ce que tu roules;
Je suis sûre qu'un beau matin
Tu nous prendras la poudre d'escampette.
Seras-tu mieux; auras-tu là Jeannette
Qui te donne elle-même et le son et le pain?
Crois-moi, sache te faire à notre servitude.
Du bois ayant perdu la trace et l'habitude,
Tu ne peux manquer, tôt ou tard,
De succomber aux ruses du renard.
Pour moi, j'aime Jeannette et tiens à son service.
— Oui, tant que tu pondras, dit l'autre; à te nourrir
Tant quelle aura du bénéfice,
On te choîra. Jeannot qui ne sait que courir,
Et qui n'est propre qu'à la broche,
Sent trop qu'ici pour lui l'heure fatale approche.
Merci de ton avis, même de ton reproche;
Adieu, je pars. Il court. Il n'a pas fait cent pas,
Que du plomb d'un chasseur atteint, il est à bas.
Ce chasseur justement est l'oncle de Jeannette;
Jeannot est reconnu par le ruban lilas

Qu'il avait à la patte. On plaint peu les ingrats !
     L'ordre est donné qu'à la broche on le mette.
     L'on ne peut éviter son destin, dit tout bas
          Notre poule à jeune poulette,
     Près d'elle prenant ses ébats.

Epilogue.

     On prétend que le bon Homère
          Allait par vaux et par chemins
     De ses héros chantant les faits divins,
Et ne rougissait pas d'accepter un salaire.
Certes, je ne suis pas un Homère; et suis loin,
Bien loin de l'ami Jean, mon maître en fait de fable,
Mais, comme le premier, je connais le besoin ;
Et du second l'état m'eût paru fort sortable ;
Puisqu'il mangeait son fonds avec son revenu,
     Quand je n'ai rien, et n'ai jamais rien eu.
Ne peut-on pas tirer quelque lucre honorable
     De son labeur ? De cette extrémité
          Sans votre générosité,
O mes concitoyens ! j'éprouvais la disgrâce.
          Car, après tout, l'essentiel
          Est de vivre. Virgile, Horace,
Sans Mécène, peut-être eussent aussi sur place
Lu leurs vers. Un poète est un industriel.

LIVRE SECOND.

Les Grenouilles et le Taureau.

Ne vous l'ai-je pas dit, qu'il faudra qu'on pâtisse
Du combat qu'à causé madame la génisse, (1)
　　Disait grenouille. Hélas ! l'un des taureaux,
Vaincu, se réfugie au fond de nos roseaux.
Cent de nos gens déjà sont écrasés sur place !
C'est affreux ! S'il pouvait aller par là-bas... Paix,
　　Dit le taureau, paix ; montrez-moi, de grâce,
　　　Lieux sûrs où je puisse à jamais
　　Ensevelir ma honte et ma disgrâce.
　—De ce côté. — Par ici ? — Non, par-là.
　—A droite ? — Bien. — Y suis-je ? — T'y voilà.
C'était un trou : notre taureau s'y noie.
　　　Déjà, dans sa barbare joie,
　　　Ce peuple criard et mutin
　　　Assourdit tout le voisinage.
　　　Mais, voilà que, le lendemain,
Du taureau mort, jadis l'honneur du pâturage,
　　Pour le pêcher, le maître vint
Avec force valets, avec un attelage

---

(1) LA FONTAINE. Livre 2, fable 4.

De dix bœufs : il en fallut vingt.
Tirer un bœuf d'un trou n'est pas petit ouvrage.
Je laisse à penser quel carnage.
Jusques au plus profond de l'eau
La gent grenouillère est atteinte.
De son sang l'onde est au loin teinte !
C'est une bataille d'Eyleau !

Souffrons un mal quel qu'il soit, dans la crainte
D'être pis. Du vaincu ne soyons pas bourreau.

Le Bouc et le Renard.

Eh quoi ! c'est toi, mon vieux compère !
Dit le renard au bouc. Tu t'es donc retiré
Du mauvais pas où tu t'étais fourré
Étourdiment : je revenais de faire
Au ciel mon ardente prière
Pour ton salut ; je me vois exaucé !
De compagnie allons encor. — Vil hypocrite !
Lui dit le bouc, ne vas-tu pas,
Me voyant tiré d'embarras,
T'on attribuer le mérite ?
Par la barbe de mon menton
Qu'insolemment tu m'alléguais naguère, (1)

(1) LA FONTAINE. Livre 3, fable 5.

Je n'irai pas encore, à la légère,
M'associer à toi pour compagnon.
Car entre nous, voilà la différence,
Du puits Guillot lui-même m'a tiré ;
Quand un méchant pareil à toi, je pense,
Y serait bien pourri toute l'éternité.
Or, dans ce puits j'ai vu la vérité
Que d'un méchant il faut fuir l'alliance.
Et là-dessus chacun tire de son côté.
Adieu, dit le renard, vieux sot, vieil encorné.

Guillot et Robin mouton.

Venez, Robin, en pâturant l'herbette,
Vous devez être assourdi par le son
De cette ennuyeuse sonnette.
Approchez, sur votre toison
Une épine, je crois, non, c'est une branchette.
Voulez-vous que, sous la coudrette,
Je vous fredonne la chanson
Qu'un jour je fis pour ma fanchette,
Bien moins que toi succulente, blanchette !
Aimes-tu mieux un air de ma musette ?
Dis, mon Robin ! De ce Robin,
Après un aussi doux langage,
Qui n'envîrait l'heureux destin.

Certe, il est plus heureux même que le serin
    Que fanchette nourrit en cage.
  — Il est heureux !.. Mais, à Pâque prochain,
    Venez faire un tour au village;
    Demandez Robin et Guillot;
Vous verrez un Guillot, Guillot au cœur de roche,
    Ayant mis Robin à la broche.
    — A la broche ! — Peut-être en rot.
    — Mais ces douceurs qu'à perdre haleine
A son Robin... ? — Bah ! bah ! c'est qu'à sa fine laine
    Il préjugeait de Robin le gigot
Devoir être archifin, succulent, en un mot
    Gigot sentant le thym, la marjolaine !
  — C'est donc un gastronome !... Et le joli serin,
    Que fanchette, soir et matin
Baisait, qu'elle échauffait dans son joli corsage.
    — Ah ! c'est qu'alors on aimait son ramage.
Ne chantant plus, au chat, en guise de fromage
On l'a donné : ce fut un déjeûner de moins.

Sans l'espoir d'en tirer un certain avantage,
Croyez-vous que d'autrui l'on prenne tant de soins.

La Tolérance.

Plus pour soi-même on est rigide,
Plus on devient indulgent pour autrui.

On ne voit plus guère aujourd'hui
D'anachorète au teint pâle et livide,
De Cilice couvert, de racines vivant,
Rigoureux, raide à tout venant.
Mais on rencontre encor de pieux personnages,
Avec fidélité suivant
Et la lettre et l'esprit de ces divines pages
Qui sont les guides du chrétien.
J'en connus un, homme rare, vrai sage;
De son avoir, au pauvre ayant fait le partage,
Ne s'étant réservé qu'un petit ermitage,
Il y fait encore le bien;
Car à lui recourt maint village,
Comme avocat ou médecin.
Pour fruit de mainte conférence,
De tous les pasteurs ses voisins
Il obtint qu'on permît la danse;
Après, bien entendu, les offices divins,
Et des parens surtout en la présence.
Dans les cabarets, dans les bois,
Vos jeunes gens, dit-il, s'exposent davantage !
Entre deux maux est-on réduit au choix,
Souffrir le moindre est le plus sage.
Ainsi de tolérance il donne des leçons :
Quand à lui, des privations
De la plus rude pénitence
Il se nourrit. Surpris de l'indulgence
Qu'il a pour les faibles d'autrui,

Tandis qu'il est si rigoureux pour lui,
Quelqu'un lui demandait d'expliquer ce problême.
   Le cœur humain, répond-il, de lui-même
     Est enclin à la volupté.
Pour lui faire trouver la vertu préférable,
Obtempérons d'abord à sa fragilité.
Pour lui faire goûter la simple vérité,
Il faut la déguiser sous un dehors aimable.
Si je trouve aujourd'hui son charme délectable,
     Je sais d'efforts ce qu'il m'en a coûté.

Ce sage n'était pas ennemi de la fable.

Le disciple d'Aristipe.

De deux amis sortis du même séminaire,
   L'un, devenu chef de division,
     Ne sais trop à quel ministère,
   L'autre n'ayant jamais trop pu rien faire,
J'ouïs, l'un de ces soirs, la conversation.
     Vive le roi ! vive la ligue !
Disait le chef. Peut-être autant que vous
     Je hais et méprise l'intrigue;
     Mais, n'est-ce pas agir en fous,
     Quand au bout du compte il faut vivre,
Aveuglément de prôner et de suivre
     Plutôt qu'un autre tel parti ?

Du dominant sachons être l'ami.

    A cheval sur le grand principe ,

Vous pensez autrement; mais, dites , cher Alcipe,

Ce que certain retour vous a valu de bon ?

    Je ne dis pas qu'on sollicite

A tort comme à travers, sans rime ni raison;

Mais il faut s'assurer quelque protection :

On ne déterre plus aujourd'hui le mérite.

— Du moins ai-je celui de ne me plaindre pas ,

Dit l'autre. — Oui, c'est bien , mais, convenez, tout bas

    Reprend le chef, bien mieux vaut mon système ,

Je le tiens approuvé d'Aristipe lui-même.

Depuis trente ans, pour moi, l'état... c'est mon bureau.

Quel que soit le courant, suivons le fil de l'eau.

Apollon et le Sacrilége.

    L'ami Jean était casanier,

  Il n'aimait pas qu'on quittât son foyer.

Il n'était pas partisan des voyages.

    Pourtant, on ne peut le nier,

    C'est ce qui forma les sept sages.

    Pour un heureux que dans son lit

    La Fortune capricieuse

    Vient caresser, il n'est pas dit

    Que toute vie aventureuse

3

Doive être toujours malheureuse.
Sa roue annonce assez, sans contredit,
Qu'elle aime à permuter de place,
Puis, elle sourit à l'audace,
Virgile l'a dit. Ce pigeon
Qui, pour quelque sotte disgrâce,
Revint si vite à la maison,
Qu'y trouva-t-il? Je le devine;
Le voyant maltraité de l'aile et de l'échine,
Dès le même jour, Madelon
Vous le mit à la crapaudine.
En son voyage eût-il rencontré pis?
Et cet autre qui fait fortune à la sourdine,
Le croyez-vous exempt de tous soucis?
Allez, allez, chaque état a sa peine.
Si je l'osais, mon maître, ô La Fontaine!
Après vous, j'aventurerais
De nouveau le pigeon (1), le chercheur de fortune. (2)
Après mainte aventure heureuse et peu commune,
Riches, dans leurs pays je les ramenerais.
En opposition d'autre part je mettrais
L'ennui qui, dans son gîte, un casanier assiège,
Enfans, femmes, voisins, pasteur, maire, que sais-je?
En finissant... enfin... je prouverais...
As-tu fini? me crie Apollon; sacrilége!

---

(1) LA FONTAINE. Fable 8, livre 9.
(2) *Idem.* Fable 12, livre 7.

Après le maître oser toucher ces deux sujets !

Pardon, grand Dieu, j'admire !.... et je me tais.

La Linote et le Serin.

(Contre-pied des Moineaux de LAMOTTE. *)*

Après l'ingénieux Lamotte,
Oserai-je ici, M....rin,
Vous retracer le tout autre destin
De deux moineaux ? C'est la verte linote,
Et son confrère le serin,
Tous les deux l'honneur du jardin,
L'honneur de maint et maint bocage.
Ils ne le cèdent en ramage
Qu'au chantre du printemps, et même, passé juin,
Sur Philomèle alors et muette et sauvage,
Ils reprennent tout l'avantage
De leurs jolis gosiers et de leur air mutin.
Faut-il que la haine et sa rage
Troublent le cœur de nos jolis oiseaux !
On ne les voit jamais sur les mêmes rameaux ;
Car, alors, coup de bec eût souillé leur plumage.
Mais tout ce que la haine à des moineaux
Peut inspirer, caquets et persifllage,
Est follement par eux mis en usage.

Enfin, ne sais comment, tous les deux furent pris,
L'un, sans doute en des lacs, l'autre sur ses petits;
    Et tous les deux en même cage
    Impitoyablement sont mis.
    (De ceux qu'il met en esclavage
L'homme ne s'enquiert pas s'ils sont parens, amis;
    Allez-vous-en voir à Tunis.)

Que leur prison d'abord leur fut insupportable !
    Chacun, dans son coin, misérable,
Aggrave encor le mal de sa condition.
    Ils avaient pris la résolution
De se laisser mourir de faim : la serinette,
    Tous les jours de nouveaux biscuits,
    Et la douce voix de Nanette
Leur sifflant tous les soirs *baisez, mignons, fils, fils,*
    Dissipent enfin leurs ennuis.
  Serin un soir : vraiment, ma bonne amie,
    Dit-il, entre nous, c'est folie
    De prolonger la brouillerie.
    Nous ne sommes plus dans les bois,
    Mais pour long-temps peut-être en cage,
De nous faire des tours nous n'avons plus le choix;
    Adoucissons, crois-moi, notre esclavage.
Linote ne répond... pour la première fois.
Toujours son sexe aura de la coquetterie !
Mais le serin devient plus vif, plus étourdi,
    On reprend du goût à la vie,

On abrège la bouderie,
On mange, on se regarde, on soupire; à l'envi
   Même on apprend un air joli
Que sur même bâton, côte à côte, on répète.
   Adieux, souvenirs de coudrette;
   Linot, rossignol et pinson,
  Adieux; bosquets, rose printanière,
Adieux; notre linote aime.... aime sa prison.
   — Sa prison? — Elle y devient mère.

Memnon.

   L'inconstance du cœur humain
   A de quoi vraiment nous confondre.
   Qui de nous pourra se répondre
D'être le soir le même qu'au matin.
   Est-ce libre arbitre ou destin?
Je ne sais, mais vraiment, il faudrait nous refondre.
   Memnon, certe, est un bon humain.
Parfois, comme tout autre, il peste en son ménage.
Mais de sa femme au fond, et vertueuse et sage,
Philosophiquement il supporte l'humeur.
Un beau matin, gaîment il se lève. En son cœur
   Méditant un projet utile
   Qui lui pourrait faire beaucoup d'honneur,
   Et qui surtout était pour le bonheur

De ses concitoyens et de sa propre ville.
  Il lui fallait consulter un auteur
  Qu'il savait être à la bibliothèque;
  Ne sais son nom, il doit finir en *èque.*
Pour s'y rendre Memnon avait pris son chapeau;
  Il est à la porte : tout beau,
  L'air animé, lui dit sa femme,
(Quelque soupçon jaloux, certes, trotte en son âme.)
    Où vas-tu? — Le trait est nouveau,
Répondit-il, où je veux; eh! laissez-moi; madame
    Ferme la porte à double tour.
  Parbleu, dit-il, c'est bien un autre tour :
  Je veux sortir, n'en suis-je pas le maître;
  Je sauterai plutôt par la fenêtre.
  Il l'ouvre. — Eh bien, tu ne sauteras pas,
Dit la femme en fureur. Ne sais dans les débats
  Ce qu'il advint : plus d'un écart peut-être;
  Mais toujours beaucoup trop d'éclats.
    Jugez donc un peu, quel scandale,
  C'est le sage Memnon, se disait-on, tout-bas,
    Eh bien! il a battu sa femme!... Hélas!
De mes six premiers vers relisez la morale.

Le Papillon, la Chenille et le Rosier.

  Vain de ses brillantes couleurs,
  Un papillon, au cœur volage,

De la rose à l'œillet, de mille à mille fleurs
  Éparpillait son inconstant hommage.
    Je conçois que de volupté
    Cet insecte ne soit qu'avide;
  Il n'a jamais connu de parenté.
OEuf et chenille après avoir été,
  N'est qu'un moment qu'il était chrysalide.
    Et puis... il ne vit qu'un été !

  Ainsi régnait dans un charmant parterre
  Le papillon. Contre son ordinaire,
Près d'une rose il allait s'oublier;
    Lorsque sur le même rosier,
    Où de tout son éclat il brille,
Il aperçoit une grosse chenille
Rempant à force. Ah quelle horreur ! dit-il,
    Quel insecte rempant et vil !
    C'est la honte de la nature.
Quoi, rosier, mon ami, tu souffres sa souillure.
Là, là, dit le rosier, comme elle on vous a vu.
    Avant qu'automne soit venu,
    Elle aura vos formes légères.

    Ainsi l'on voit tel parvenu
    Méconnaître d'anciens confrères.

Le vieux Pilote.

Sur une mer en tempêtes féconde
    Vaisseau des Indes voyageait.
    Vieux pilote, à perruque ronde,
Depuis vingt ans au gouvernail, songeait
Au maintien du navire, au salut de son monde.
    Au loin, dans les astres, sur l'onde,
    Son œil pénétrant se plongeait;
Il approfondissait le plus petit nuage,
Et son expérience, à coup sûr, présageait
    Tantôt un calme, et tantôt un orage.
    Vous savez que l'oisiveté
Entre les passagers, surtout sur un navire,
    Exerce un dangereux empire.
    Heureux, quand en propos pour rire
    Leur passe-temps est agité.
L'un deux, je n'irai pas ici de sa figure
    Vous faire de plaisans portraits.
    Scrutateur profond des secrets
Du cœur et des états, voire de la nature,
    C'était vraiment une caricature.
Pourtant il est par tous diversement jugé.
Un jour, il dit : messieurs, n'est-il pas bien étrange
Que du salut de tous un seul on ait chargé !

Votre pilote est-il un ange?
Entre deux vins de route il a parfois changé,
Il peut bien faire pis que de changer de route.
Quel intérêt enfin a-t-il donc plus que nous
D'être à lui seul chargé des intérêts de tous?
   Il conviendrait bien mieux sans doute,
Primo, qu'au bâtiment les plus intéressés,
   Puis, d'un chacun les droits étant fixés
     Suivant un tarif, ou le rôle,
Qu'on eût au moins sur lui quelques droits de contrôle.
On écoute mon homme, on goûte son avis,
   Il se forme plusieurs partis,
On intrigue, on cabale, on remue, on complote,
Bref, l'équipage nomme une commission,
   Et voilà notre vieux pilote
   Qui n'est pilote que de nom.
De lui d'abord hardiment on exige
  Le changement du maître timonier.
L'exigeance bientôt, on ne peut le nier,
   S'étendant jusqu'à l'aumonier,
   Dégénérait en vrai vertige.
Le vieux pilote, en dépit des dégoûts,
Obtempère parfois, mais faisant face à tous;
   Enfin, dans un jour de tempête
Où la commission, ayant perdu la tête,
   Criant au diable, invoquant Dieu,
Allait sur un rescif se jeter... Ventrebleu,
Dit-il, bande de fous, quel démon vous égare!

Du gouvernail soudain se jetant sur la barre,
Il sauve le navire, en évitant l'écueil.
L'équipage jugeant, pour le coup, que l'orgueil
    Ne tient pas lieu d'expérience,
Au pilote rendit toute sa confiance.

    Or de cette fable, je pense,
    L'application saute à l'œil.

Le Cadi.

    La justice en Turquie est fort peu libérale,
    Doux fruit du despotisme. On dit même qu'elle est
        Illusoire autant que venale.
        On en peut juger par ce trait
Sur l'authenticité duquel je me repose. [1]
    Deux Turcs plaidaient par-devant le Cadi.
L'un d'eux parlait si bien, ne sais sur quelle chose,
Prouvait si bien son droit, par pièces, qu'ébahi
    Tout le public lui donnait gain de cause.
        Enfin quand il eut bien tout dit,
        L'autre Turc tire de sa poche
Papier tout blanc plié, puis, sans faire de bruit,
    Du vieux magistrat il s'approche.
Seigneur Cadi, dit-il, vérité n'a besoin

---

[1] Lettres édifiantes; 2ᵉ vol,, page 66.

De belle phrase, d'anicroche,
Je ne m'étendrai pas si loin.
Tout ce que l'adverse partie
A dit si longuement, en deux mots, je le nie.
C'est ce que ce papier mieux que moi prouve encor.
Il renfermait cinquante sequins d'or.
Mon Cadi qui les sent gravement le déploie ;
Et, dissimulant mal sa joie,
Il dit au premier Turc, ami,
Ton plaidoyer trop long veut être raccourci ;
Il n'a fait qu'embrouiller l'affaire.
Si tu veux la rendre plus claire,
Il te faut des témoins plus nombreux que ceux-ci.

Si le fait est vrai, Dieu merci !
On met ailleurs au moins plus de mystère.

L'Ane et la Rose.

Chacun son goût, dit chez nous la chanson.
Corydon l'avait dit beaucoup mieux dans Virgile.
Mais quel est le meilleur ? Voilà la question
Que de résoudre il n'est pas très-facile ?
On dit qu'un bon avis souvent seul en vaut mille,
Écoutons sur ce point certain Aliboron,
Peut-être il résoudra l'affaire.

Il faisait, à son ordinaire,
Son repas, paissant le chardon;
Lorsque, tout près, il voit, sur un buisson,
Une rose printanière,
Rose même avec son bouton.
Oh! oh! dit-il, nouvelle chère !
Rose avec son bouton !... Eh mais...
(Déjà, pour mieux savourer le doux mets
Il a trois fois tourné la langue en son palais.)
Voyons; dressant l'oreille, il vous gobe la rose
Et le bouton. Puis d'un air grave : eh quoi!
Quoi, dit-il, ce sont-là vos vrais morceaux de roi !
Votre reine des fleurs ! Ah quelle fade chose !
De moi si l'on veut que l'on glose,
Mais j'aime cent fois mieux le piquant du chardon.

Qui blâmera l'Aliboron?
Ce ne sera pas moi, je vous le jure;
Comme le dit encore la chanson,
Tous les goûts sont dans la nature.

L'Ane philosophe.

Un âne, j'ai toujours aimé cet animal :
C'est qu'il a l'air pensif, le caractère égal
Comme le trot. Bref, certain âne,
A force d'entendre railler

Et son oreille et son organe,
En rougissait au point de n'oser plus bâiller,
Crainte qu'on l'accusât de braire, de brailler.
    Le misérable privilége!
Disait-il, voir ses noms donnés à maître sot.
De ses oreilles voir affabler tout marmot
    Qui n'a pas fait son devoir au collége.
    Qu'y faire, enfin! qu'y faire? Irai-je,
        En quadrupède rossignol,
Dénaturer ma voix du dièze au bémol?
    Bêtement me mutilerai-je?
A mon oreille ôtant ce qu'elle a de trop long.
    Suis-je encor sûr de plaire à mon doux maître?
    Il me souvient trop bien de la leçon,
    Quand je voulus caresser son menton.
    Et puis, celui qui de nous est pour naître
        N'en sera pas moins un ânon.
    Il aura, plus que nous peut-être,
Poil roux et longue oreille et d'un stentor la voix.
    Puisque nous n'avons pas le choix,
    Et qu'il nous faut toujours, en somme,
    N'être que les bêtes de somme,
Tant qu'à notre appétit nous aurons, au besoin,
    Choux et chardons; plus sages que les hommes,
    Vivons, sans prendre tant de soin:
    Sachons rester ce que nous sommes

L'Ane pédant.

L'ami Jean ne veut pas que maître Aliboron
Se fasse adulateur, encor moins fanfaron.
    Nous le voyons dans cette fable
Où l'âne sert de cor à son roi, le lion;
Dans une autre où, jaloux du chien, faisant l'aimable,
    Il va caresser le menton
    De son maître assez peu traitable.
L'ami Jean veut qu'il soit, tout simplement,
    Comme on dit, âne de nature.
    Qu'eût-il dit d'un âne pédant?
    J'en connus un qui, d'aventure,
    Ayant servi long-temps un magister,
    Avait contracté dans son air,
    Et dans sa voix, comme dans son allure,
    Beaucoup de ce ton magistral,
    Parlant ou marchant avec pause,
Et qui dit au passant : oui, je ne suis pas mal,
Mais si vous m'entendiez, c'est bien une autre chose !
    Pour répondre un peu proprement
    A je ne sais quelle ambassade
    Venue avec un truchement,
Les animaux avaient choisi le camarade.
Laissez faire, dit-il, faudra-t-il parler grec,

Au truchement je veux clore le bec.
Je n'ai pas oublié les leçons de mon maître....
    Musa, la muse, *alpha*, *delta*,
Nous irons, s'il le faut jusques à l'*oméga*.
    Sait-il l'hébreu? Nous nous piquons de l'être.
    A son discours, bref quand il arriva,
      On ne tarda pas à connaître
      Qu'il n'était qu'un pauvre bêta.

L'Ane personnel.

De l'ennemi craignant mainte disgrâce,
Martin avait laissé son âne dans son pré. (1)
Celui-ci, tout le jour, en pleine herbe, à son gré,
    S'étant frotté, gratté, vautré,
De ses ébats ayant laissé plus d'une trace,
Ayant psalmodié, gambadé, butiné,
S'en étant, comme on dit, jusques au cou donné,
    Fit une fort laide grimace.
Quand (l'ennemi n'ayant que traversé la place)
Martin vint le remettre à simple ration.
De l'ennemi pour lui l'entrée est bonne aubaine;
    A son retour il se fût fait sans peine.
    Que l'ennemi mette à contribution

---

(1) La Fontaine. Liv. 6, fable 8.

Son maître, son pays, qu'importe, en la prairie
S'il fait ses orges, lui.

          Plus d'un qui, bien ou mal,
Braille partout les mots de liberté, patrie,
   Pour le peu que l'intérêt crie,
Penserait, agirait comme notre animal.

L'Ane instituteur.

Je vous l'ai dit, ma fille, et rien n'est plus aisé,
Disait Martin donnant des leçons d'*a*, *b*, *c*,
Qu'en latin toute lettre était toujours la même.
   Qu'un *e* toujours se prononçait un *é* :
   Miséréré, légéré, dominé;
Ils vous ont en français pris un autre système;
   L'*e* devient *è*, par exemple en ce mot;
En anglais, c'est bien pis; c'est une peine extrême,
   A... — Mais, papa. — Toi, tu n'es qu'un grand sot;
Tais-toi. — Mais à quoi bon toutes ces connaissances?
   Vous êtes un puits de sciences,
Mais quand on vous verrait en soutane, en rabat,
Vous n'en êtes pas moins une bête de somme,
   Vous n'en portez pas moins le bât.

Mendiant sur la route, en misérable état,
  Homère, en son vivant, ne fut qu'un bien pauvre homme.

L'Ane et son Fils.

Sur le prix du savoir se disputaient souvent
L'âne et son fils au fond très-pacifiques bêtes.
Vous m'avez dit hier, vous, monsieur l'ignorant,
Disait l'âne, qu'Homère était, au demeurant,
Un pauvre homme. Sachez, bélitre que vous êtes,
Qu'il fut, est, et sera le prince des poètes;
    Qu'à lui, lui seul, la Grèce a dû
  Ses dieux, ses lois, sa gloire, sa vertu;
    Que dans ses immortels ouvrages,
Éternels alimens des ânes et des sages,
On doit... Oh! vous voilà, mon père, vous voilà!
Un pied sur l'*omicron*, l'autre sur l'*oméga*,
On vous verra bientôt au moulin en soutane.
    Pour moi, je ne sors pas de là.

L'âne pauvre, ici-bas n'est jamais qu'un pauvre âne.

Le Courtisan, le Charlatan et l'Ane.

(Suite de la Fable de La Fontaine. *Livre* 6, *fable* 19.)

    Nous avons vu dans La Fontaine
    Qu'un des plus madrés charlatans

Qui jamais se soient mis en scène,
Se fit fort, au bout de dix ans,
De mettre un âne sur les bancs.
Nous avons vu la prudente réponse
Qu'il fit à certain courtisan
Lui donnant une sotte et pédante semonce.
Or, ce jeune seigneur, avant la fin de l'an,
Par curiosité, pour s'amuser, peut-être
Pour juger des progrès du maître Aliboron,
S'en vint voir le docteur, son maître.
Celui-ci reconnut son bailleur de leçon.
Après force saluts, de respects et d'hommage;
Monseigneur vient, dit-il, je gage,
Pour voir notre âne. Monseigneur,
J'ai là, ma foi, pris un bien rude ouvrage;
Mais j'en viendrai, j'espère, à mon honneur;
Car, il faut m'éviter l'outrage
D'être traité comme un voleur.
Non, je n'ai vu jamais âne plus bête,
Presqu'aussi dure il a la tête
Que tel courtisan a le cœur.
Si monseigneur permet... dans la prairie
Nous allons.... Tous les deux s'en vont de compagnie.
A travers l'herbe et touffue et fleurie
Aliboron y prenait ses ébats,
Comme au moins de cinq ans il ne m'entendra pas,
Dit l'homme, c'est à moi d'apprendre son langage:
D'interprêter les sons j'ai plus que lui l'usage,

Vous allez voir. Soudain de son grison
Il se met à gratter et l'une et l'autre oreille.
Bientôt notre animal lui répond à merveille,
 En lui parlant à sa façon.
Affectant un courroux que perce le sourire,
 Ah ! malheureux, qu'oses-tu dire !
Dit le docteur ; allons, Martin bâton !...
Là, dit le courtisan, un peu plus de raison ;
 Il vous faut de la patience :
Que dit-il ! — Ce qu'il dit ! A travers son *hi-han*
 J'ai saisi mainte impertinence.
 — Quoi donc ? — Il dit, monsieur le courtisan,
 En le toisant d'un air plein de jactance,
Qu'en la vie on se doit chacun de l'indulgence ;
Qu'entre un flatteur de prince et certain charlatan,
 Il est plus d'une ressemblance ;
 Que le plus digne enfin de la potence
N'est pas... se retournant, qu'as-tu dit, malotru !
 Mais, sans trop demander son reste,
 Sur certain pied français et leste
 Le courtisan a disparu.

Le Magister en témoignage.

Un âne, je me trompe, aujourd'hui c'est du maître
 Que je vais vous entretenir.

Si je parle de l'un toujours avec plaisir,
   L'autre pourra vous amuser peut-être.
Le maître donc de mon vieil animal,
   Le magister de son village,
Étant cité devant un tribunal,
Comme témoin, y comparut. D'usage
    On fait refaire à tout témoin
    Sa déposition orale.
Après avoir toussé, craché, de loin
Mon magister, d'une voix doctorale,
Reprend les faits. Bref, c'est ainsi, dit-il,
   Et le voilà qui gesticule
Pour démontrer mieux ce qu'il articule.
Souvent de son discours il perd, reprend le fil.
Entr'autre expression dans sa bouche risible,
Il appuyait surtout sur le mot ostensible.
    Il s'agissait, je crois, d'un ostensoir;
    C'était un délit de fabrique.
Monsieur le juge, il est de mon devoir
   D'être, dit-il, vrai, juste et véridique.
Il était ostensible, on ne pouvait le voir.
Mais, lui dit l'avoué de la partie adverse,
   Sans tant de mots de controverse,
Par ce mot ostensible, eh bien ! qu'entendez-vous ?
Eh mais, monsieur, dit-il, c'est un mot, que je sache,
   Qui doit être compris de nous.
C'est..ce que..dans sa manche, en son chapeau l'on cache
Et comme qui dirait.... Ma foi, de rire tous,

Le président lui-même en rit dans sa moustache.

Soldat, ce magister n'eût été qu'un bravache.

~~~~~~~~~~~~~~~~~~~

Mort de l'Ane.

Sans doute que dans le traité
Que fit le charlatan pour présenter son âne,
Dans les dix ans, si bien instruit, bien ergoté,
Qu'il pourrait endosser la robe ou la soutane,
　　Le drôle avait bien cimenté
D'être payé trois quarts au moins d'avance.
　　Tous ces débitans de science
　　Et de fortune et de santé,
　　Ont, dans ce cas, de la prudence.

　　On a vu comme avec jactance
Il a traité ce jeune monseigneur :
Rongeant son frein, celui-ci dans son cœur
　　Roule, en courtisan, sa vengeance ;
　　Nous verrons, dit-il, dans dix ans
De tout ceci, de la fin de son rôle,
　　Comment se tirera le drôle,
　　C'est là, faquin, que je t'attends.

Qu'arriva-t-il ? On s'en fait une idée.
Le bon Martin, le pauvre Aliboron

Meurt dans le cours de la septième année.
Que son trépas fut naturel ou non,
   Notre homme en eut la prévoyance,
Quand au seigneur lui parlant de potence
Il répondait : eh ! monsieur, nous verrons :
   J'ai dix ans; dans dix ans, je pense,
   « Le Roi, l'âne, ou moi, nous mourrons. »

Des Rois la mésintelligence,
. De leurs ministres l'ignorance
Retombent sur les nations.

LIVRE TROISIÈME.

Le Loup et la Brebis.

Le loup disait à la brebis : Au moins
Tu n'es pas, toi, raisonneuse. Naguère
   Un des tiens, peut-être ton frère,
  Qui m'insulta, je ne sais dans quels coins,
Me fit vraiment sortir hors de mon caractère.
Aussi l'ai-je puni ! (1) tu pleures !.. n'es-tu pas
   Par hasard sa sœur ou sa mère?
  Répondras-tu? Quoi! pas même un hélas !
Oh ! je n'augure rien de bon de ton silence !
   Tu machines quelque vengeance.
  Vaut mieux tuer le loup, hein ! tu le vois,
   Je connais votre beau proverbe.
Quoi! tu ne diras rien; parle, une fois, deux fois;...
Oh je sais le moyen de te rendre le verbe,
Entêtée! Et le loup l'emporte au fond du bois.
  A belles dents pendant qu'il la déchire,
Pauvre brebis lui dit, je prévoyais mon sort.

---

(1) La Fontaine. Livre 1er, fable 10,

Je n'ai rien dit et sous tes coups j'expire :
Pour te fléchir ma voix eût fait un vain effort.

Près du méchant le faible a toujours tort.

Les deux Mulets.

Dans le conflit où le mulet chargé
   De tout l'argent de la Gabelle,
   D'une manière si cruelle
   Par les voleurs fut égorgé,
Notre ami Jean tire d'abord de peine
L'autre mulet ne portant que l'aveine. (1)
   Mais j'ai lu dans de vieux formats
D'où l'ami Jean a pu tirer sa fable,
Que les voleurs, revenant sur leurs pas,
Ayant aussi fouillé le pauvre diable,
Comme il allait reprendre ses ébats,
   Jusqu'à leurs cavernes obscures
L'avaient fait défiler à grands coups de bâton.

   Si d'un grand la protection
Vous fait parfois honneur, vous sauve des injures,
   Il faut s'arranger de façon
Que dans sa chute on soit hors des éclaboussures.

---

(1) LA FONTAINE. Fable 4, livre 1er.

Le Pédagogue et son Élève.

(Synonymes français, art. 407.)

Arracher, c'est à soi tirer avec rudesse.
   Ravir, c'est prendre avec adresse.
A l'égard de ces mots nous n'avons pas besoin
         D'aller plus loin ,
D'Elien nous bornant à ce court apologue.
Un jeune enfant étant avec son pédagogue,
Venait de dérober une figue. Ah ! méchant,
      Lui dit le maître, quel scandale !
Ravir le bien d'autrui ! prêchez donc la morale
   A ces marmots ! il dit, et rudement
      Des mains tremblantes de l'enfant
      Arrachant la figue , il la mange.

   Dans l'histoire d'un conquérant
Tel trait assez fréquent paraîtra moins étrange.

Aspasie et Alcibiade enfant.

(Synonymes français, art. 712.)

Eh bien ! mon petit camarade !
Disait au jeune Alcibiade

4

La belle Aspasie. Au salon
Tu viens de voir plus d'un grand personnage ;
Notre fier général Cléon,
Un grand prêtre du noir Pluton,
Un membre de l'Aréopage :
Je t'ai vu sourire, et, je gage
Qu'à ton imagination
Ils ont offert.... — Le ridicule,
Répond le jeune Athénien.
Je critiquerai, sans scrupule,
Dans leur détestable *maintien*,
Le général, l'Archonte et le grand prêtre. — Eh bien ?
— Auprès de vous, madame, avoir la *contenance*,
Qu'ils ont aux camps, au temple, à l'audience,
C'est en agir avec impertinence.
Vous m'avez dit souvent, je m'en souvien,
Que si l'une est de circonstance,
Pour la représentation,
Hors d'exercice, il faut qu'elle change de ton ;
Que l'autre doit toujours être décent, aimable :
Qu'étant pour la société,
Il doit, *comme l'honnêteté,*
Être un, constant, invariable.
Et comment dans ces yeux si remplis de douceur,
En admettant que la galanterie
A leur gravité fasse peur,
N'ont-ils pas su puiser un peu de courtoisie !
Tout cela n'est qu'hypocrisie ;

Et je les ai jugés sous leur masque imposteur.
En tête à tête, je parie
Que chacun d'eux.... Ah le petit flatteur !
En rougissant, dit Aspasie,
Je vais, fripon, le dire à ton tuteur.

Le jeune grec déjà prouvait ce que son cœur
Devait être toute sa vie. (1)

Le jugement de Pâris.

(Synonymes français, art. 121.)

Entre les mots *attraits, appas* et *charmes,*
Sur la valeur desquels on était indécis,
L'abbé Girard, nouveau Pâris,
Sans avoir dans l'Olympe excité de vacarmes,
Sans avoir, ici-bas, fait répandre de larmes,
Sut rendre un jugement exquis.
Par ce jugement il excuse
Aussi notre jeune Troyen,
Que durement la fable accuse
D'avoir incendié son pays : je soutien
Que, comme lui, tout autre aurait fait à sa place,
Et que l'abbé lui-même eût su, de bonne grâce,

___

(1) La critique trouvera peut-être les propos d'Alcibiade un peu forts pour ceux d'un enfant, mais qu'elle songe que cet enfant est Alcibiade, élève de Socrate, et pupille de Périclès et d'Aspasie.

Encourir le même destin.

Figurez-vous le beau trio divin,

Pour conquérir la malheureuse pomme,

Étalant aux yeux du jeune homme,

Novice encor, n'ayant encor senti son cœur,

Ce que femme, et déesse, ont de plus séducteur.

C'est Minerve d'abord, exemplaire déesse,

Qui joint à ses divins *attraits*,

Et ceux de la vertu, plus ceux de la sagesse.

Seule, on n'eût pu la suivre;... mais

On connaît de Junon et l'ire et les excès.

Junon, reine des cieux, fière!.. et pourtant coquette,

A, de tout l'art de la toilette,

Rehaussé ses graves *appas*.

Elle y veut joindre encore et ceux de la richesse,

Et ceux de la grandeur : c'est beaucoup d'embarras.

Pâris était séduit. Est-ce orgueil, ou faiblesse?

Ne sais; mais il n'est pas question de tendresse.

Apparaît la jeune cypris!

Elle n'offre que sa figure,

Oui, mais aussi cette ceinture

Que composent les jeux, les grâces et les ris.

Une force secrète, irrésistibles *charmes*,

Frappe, enlève, enchante Pâris.

Pouvait-il prévoir les alarmes,

Les flots de sang, les flots de larmes

Dont il allait troubler, inonder son pays?

Pâris est hors de sens, et Vénus a la pomme.

Chacun de nous sait assez comme
Vénus récompensa ce jugement fameux.
(Rien n'est à dédaigner de ce qui vient des Dieux.)
Elle fit à Pâris ravir la belle Hélène,
    Déjà femme de Ménélas,
Réunissant, dit-on, *attraits, charmes, appas.*
  Il fallait bien qu'elle valût la peine
    Que des princes, que des états,
  Comme des fous guerroyassent pour elle.
Chacun peut sur Hélène avoir son sentiment,
    Quant à Pâris, auteur de la querelle,
  J'excuserai toujours son jugement.
    La pomme était à la plus belle.

Scaliger et Peteau.

(Synonymes français, art. 436.)

Scaliger et Peteau furent *antagonistes,*
  Tous deux docteurs et grands puristes,
  Controversant aigrement sur des mots.
  Or ce n'était encore que des propos,
Dispute vaniteuse, assez sotte querelle,
Mais le hasard voulut que leur propriété
    S'avoisinât; par la cupidité
    On vit bientôt leur simple zèle

Tourner en animosité.

Ils ne sont encor qu'*adversaires*,

Faisant valoir chacun, avec aigreur,

Ses prétentions arbitraires;

Quand le démon enfin soufflant dans leurs affaires,

Les voilà devenus *ennemis;* et de cœur

Cherchant à se porter des coups, à se nuire :

Ils se feront la guerre et voudront se détruire.

Souvent, entre deux vieux amis,

Pour la commune jouissance

Soit d'un ruisseau, d'une haie, ou d'un puits,

Haine succède à bonne intelligence.

Le Mendiant et le Pauvre honteux.

Bonne âme de Dieu charitable !

Ayez pitié d'un pauvre malheureux.

On retrouvera dans les cieux

Ce que l'on donne au misérable !

Ainsi criait, du matin jusqu'au soir,

Le vieux Patrix, mendiant. De le voir

C'était merveille, avec sa bosse et sa béquille;

Merveille de l'ouïr, donnant de l'encensoir

A tout passant; aussi notre vieux drille,

Depuis douze lustres et plus

Qu'il fait le bon métier, a-t-il vingt mille écus !

N'aura pas qui voudra sa fille.

Remarquez-vous plus bas, vers le bout du trottoir,
Ce grand homme, en habit qui jadis était noir?
C'est un pauvre honteux, observez son manége.
　　Oh ! ne craignez que de ses cris,
Que de ses chants dolens, comme le vieux Patrix,
　　Il vous assomme, vous assiége :
C'est tout un autre plan; droit à votre côté,
　　On le croirait de votre compagnie;
Il marche, et pour le peu qu'on soit jeune ou jolie,
　　(C'est toujours contre la beauté
　　Que l'égrillard dresse sa batterie,)
　　　Le cœur, la sensibilité,
　　　Et maint ressort de vanité,
Il met en jeu, non pas sans quelqu'adresse,
Et ne vous quitte point qu'il ne vous intéresse
　　　Au défrai de son court dîné.
　　　Il fit rage en la nouveauté.
　　　Mais depuis long-temps sa faconde
　　　Perd de son prix; de bien du monde
Il est honni parfois et maltraité.
Çà va mal. Voyez-vous? le voilà qui s'accroche
　　A gros *menher ;* eh ! c'est notre ami Roche,...
Qui n'a pas encor mis une main à la poche !
　　　Oh bien ! notre homme a mal compté.
Roche va lui jouer quelque tour de malice.
En effet, cheminant, ils sont près de Patrice
Qui de Roche reçoit la générosité,

Tandis que du phraseur il prend brusque congé
   Par un , *monsieur, Dieu vous bénisse !*
Notre pauvre honteux, dans son dépit jaloux
   Qu'il cache mal, aborde son confrère
     Braillant toujours à l'ordinaire ;
  Eh mais ! comment, lui dit-il, faites-vous ?
On ne m'étrenne pas, tout le monde vous donne.
    — Ah ! c'est vous, monsieur de l'aumône !
  Lui dit Patrix ; vous demandez comment
Je fais ; eh mais ! je fais mon métier franchement.
Il en peut à la cour être tout autrement ;
   Mais *quand sur la place publique*
On mendie, il le faut faire publiquement.
   Pas de détour jésuitique ;
  Vous êtes jeune encor dans le métier ;
   Mais il nous faut battre en retraite ,
  Votre journée est sans doute aussi faite ,
    Voulez-vous avec moi souper ?
    Nous deviserons dans la route ,
  Et , sous mon toit, tout en cassant la croûte,
Je pourrai plus au long ma thèse vous prouver.
    Venez-vous ? — Parbleu, oui , sans doute ,
Dit l'autre , et je le crois, il n'a pas déjeûné.
   Dans le souper, le syndic des Patrices
   Parla si bien de la mendicité ,
Qu'on dit d'un orateur qui dût, dans nos comices
Traiter même sujet, qu'il l'avait écouté.

La Sympathie.

Fille ! as-tu vu ce grand garçon
A qui je viens de donner l'eau bénite ?
Ne le traite pas d'hypocrite.
Moi, par le temps qui court, sans ostentation,
Voyant quelqu'un remplir devoir pieux, de suite
Je me dis : cet homme a du bon.
Ainsi parlait Patrix, par un coup de la grâce
Ayant quitté le pavé de Paris,
Pour se fixer à Saint-Denis :
Près du bénitier est sa place.
Comment se fait-il donc que je me sois épris
De ce garçon, dit-il ; dites-moi, je vous prie,
Ce qu'il m'a fait ! mais c'est folie.
Eh non, papa, c'est sympathie,
Dit sa fille. — Eh bien ! soit ; mais toi, dis-moi, Julie,
Qu'en penses-tu, ma fille ? Tu rougis,
Tu rougis !.. oh ! je fais du reste mon affaire.
S'il y consent, suffit. Le lendemain,
Sans doute pour sa bonne mère
Venant à quelqu'autel voisin
D'adresser sa courte prière,
Edmon donne à Patrix son tribut ordinaire.
Edmon n'est qu'un clerc de notaire.
Mon beau garçon, je vous suis obligé,

Dit Patrix. Eh! mon vieux, je ne vous fais pas riche,
Répond Edmon; ma foi, je donne comme j'ai.
— A vos bontés, monsieur, dont vous êtes peu chiche,
Vous pourriez aujourd'hui mettre le comble. — Eh bien !
  — Accordez-moi l'honneur d'un entretien.
Où, quand, comment? dit Edmon. — Il n'importe,
  Chez vous, chez moi, ce soir, demain,
  Ou quand du temple on fermera la porte.
— Demain donc, dit Edmon, chez moi. — Soit. — Du matin
  On pense bien qu'en habit du dimanche,
Sans tache de roupie, aux revers, sur la manche,
Et c'est beaucoup, Patrix est juste au rendez-vous.
  Après certain préambule ordinaire,
   Il demande Edmon pour époux
   De sa fille, à sa noble mère.
  Or on saura qu'Edmon perdit son père
   A la tête d'un régiment,
Dans la Vendée; il faut aussi qu'on die
Qu'Edmon a remarqué depuis long-temps Julie,
Et qu'à Julie Edmon n'est pas indifférent.
   Il n'est soin qu'ici l'on répète,
   Les si, les mais et les comment.
   Pareille affaire est bientôt faite,
  Quand il s'agit du sort de nos enfans.
   Patrix donne vingt mille francs;
Plus, dans un bon canton, l'achat de quelqu'étude.
  Sa fille et lui, toujours par habitude,
Parlait de sympathie et de coup du Destin.

De la Providence en chrétien,
Dans son ardente gratitude,
Notre Edmon bénissait la main.

Le jeune Moufflard et Soliman.

Sachons dissimuler une injure légère
    Pour éviter de grands débats.
S'il eût ainsi pensé, le grave Ménélas
    N'eût pas commencé cette guerre
Qui de tant de héros dut causer le trépas.
    Aux animaux bien moins qu'à nous, hélas!
      Cette prudence est étrangère.

    Sur son palier, le jeune Soliman,
    La fleur des chiens, voire des chiens de chasse,
      Bouillant de jeunesse et d'audace,
    De son endroit était le vrai sultan.
Que dis-je! il en était même un peu le tyran.
      Devant lui trop près si l'on passe,
      Et, je ne dis pas seulement
      Porteurs de blouse ou de besace,
Monsieur le Soliman vous fait une grimace,
      Vous montre une certaine dent
Qui vous force bientôt d'abandonner la place.
    On pense bien qu'il l'emporte aisément

Sur ses rivaux ; il n'est pas une Hélène
Dont il n'ait obtenu la première faveur.
    Certes qu'il eût dans son domaine
    Rétabli le droit du Seigneur.
    Un jour pourtant, dans son village
Vient à passer d'un gros fermier voisin
    Le dogue : ce n'est qu'un mâtin ;
   De Soliman à peine s'il a l'âge ;
Moufflard n'est si brillant ; mais en fait de corsage
    A Soliman Moufflard ne cède rien.
Passant donc près de lui, Soliman d'un air rude
L'accueille ; il en avait contracté l'habitude.
    L'autre, revenant sur ses pas,
Le toise : j'étais-là, ne sais plus pour quel cas ;
   Je voulus voir la fin de l'aventure.
Déjà, d'un œil brûlant l'un l'autre se mesure,
En roulemens déjà la menace murmure,
De l'un et l'autre ils on fait quatre fois le tour ;
    Mais, présumant leur force égale,
    Chacun de son côté détale :
Ils se battront peut-être un autre jour.

Quelle que soit l'humeur, fougueuse ou libérale,
    Imitez les, pauvres-humains.
Vous allez voir deux fous, las ! en venir aux mains,
    Bien en dépit de ma morale.

Les deux Spadassins.

Dans un pays, c'est vraiment une peste
Qu'un spadassin ; quant à moi je déteste
    Tous ces Achilles à plastrons
Qui de l'escrime font une étude funeste
Pour être impunément insolens ou poltrons.
J'en connus un à Caen ; de tous les fanfarons
    Il eût pu passer pour le maître.
Il n'est besoin qu'ici je vous dise ses noms :
    Vous le reconnaîtrez peut-être.
Passe un jour par la ville un fameux régiment
    Illustré par vingt ans de guerre.
    Dans ce corps était un sergent,
    Vrai Saint-George. On ne tarde guère
A faire connaissance, on se rend au billard.
    Il s'y présente par hasard
Un coup qu'il faut juger ; si tel ou tel l'approuve
Tel autre le condamne, et voilà justement
    Que notre spadassin se trouve
D'un avis tout contraire à monsieur le sergent.
    Le militaire veut, le citadin prétend ;
    Le ton s'en mêle, et bientôt la colère.
Enfin, suffit, dit-on ; et, pour le lendemain,
Rendez-vous est donné. L'on va sur le terrain.

Se connaissant tous deux pour dignes adversaires,
    Il n'en eût peut-être été rien ;
Mais, par esprit de corps et par respect humain,
    (Véritables gâteurs d'affaires,)
    On s'aligne. Le spadassin,
Après maint coup brillant admiré du parterre,
    Tombe enfin, et mord la poussière.

    Eh bien ! à présent niera-t-on
Que mes deux chiens eurent plus de raison ?

Le Chien et le Loup.

(Imitation de LA FONTAINE. *Livre* 1, *fable* 5. *)*

    Je ne sais pour quelles affaires
Moufflard avait reçu les étrivières.
Le chien n'est pas rancunier, dit-on ;
    Mais celui-ci, dans sa colère,
    Pestait de la belle façon.
Oh ! que le loup, disait-il, eut raison
Aux faux attraits de ma condition
De préférer l'air libre et la misère !
Que comme lui !... Le loup l'entend : eh bien !
    Dit-il à notre pauvre chien,
    Viens dans mes bois, quitte ta loge ;
Il n'est besoin de te faire l'éloge

Et de ma vie et de ma liberté !
   D'un valet, d'un maître irrité
   Tu braveras les injustices.
   Viande fraîche, soir et matin,
   Faute d'agneau, lièvre ou lapin,
Suis-moi, tu béniras bientôt notre destin :
Vas, tu perdras bientôt le faux goût des épices.
   Dans mon charnier tu feras tes délices
   De ce qui reste de Robin
Dont Guillot fait encore l'oraison funéraire : (1)
Viens-tu ? Partons dit l'autre. A travers la bruyère
Les voilà de courir vers quelque bois voisin.
Maître loup n'est pas fort sur son train de derrière.
D'un chasseur maladroit jadis un premier coup
   Légèrement blessa messire loup.
Qu'avez-vous, dit Moufllard? vous avez courte haleine :
Rien, dit l'autre. Ils n'ont pas encore quitté la plaine,
   Qu'aboimens de chiens par vingtaine,
   Hennissemens de chevaux, son du cor,
   Et de tayaut, tayaut mainte roulade
Font rebrousser le loup. Qu'est-ce là, camarade,
Dit le chien?–Rien.–Quoi rien?–Rien dis-je.–Mais encor?
   — C'est du seigneur du lieu quelque battue.
Après quelque vieux cerf peut-être il s'évertue.
Hein !... peut-être demain ce sera notre tour,
Reprend Moufllard ; je vois, et la nuit et le jour,

---

(1) La Fontaine. Livre 9, fable 19.

Tu dors, tu digères à peine;
Coup de fusil, coup de gueule est l'aubaine
De ta libre condition.
Je dors et je digère en paix chez mon patron!..
Bref : puisque tout étai ici-bas a sa peine,
Peut-être on n'a pas vu que j'ai rompu ma chaîne,
Je m'en retourne à la maison.

~~~~~~~~~~~~~~~~~~

L'Homme, la Puce et le Chien.

(Synonymes français, art. 430.)

Vil insecte! si je t'attrappe,
Je punirai ton importunité,
Disait l'homme à la puce. Ah! permets que j'échappe,
Dit l'autre, je m'en vais, ne sois pas irrité,
Je retourne à Moufflard; en attendant, écoute
Cette petite vérité.
Je suis importune sans doute;
De ton sang j'ai pu boire une petite goutte;
Mais, payer un tort si léger
De tout le mien, aussi, c'est par trop se venger.
Hein! qu'est-ce? tu.. je crois, dit notre homme en colère.
Mais, déjà sur le chien est la puce légère.
Une de plus ou moins, ce n'est pas une affaire,
Dit celui-ci, d'un air indifférent.
Cependant, garde-toi, ma chère,

Et de ma patte et de ma dent.
Que ce maître est mal endurant !
Pour une être aux abois, quand j'en souffre par mille !
A quoi sert sa raison ? puisqu'elle est inhabile
A le rendre au moins patient.

Le gros Chien et le Roquet.

Contre le faible user de sa force est d'un lâche ;
Comme aussi s'attaquer à bien plus fort que soi
N'est pas toujours le fait d'un brave. — Eh mais ! pourquoi
Avec acharnement, et de loin, sans relâche,
　　Ce Roquet donne-t-il sur moi ?
　　Est-ce qu'il veut que je me fâche ?
Disait Moufflard. — Non, tu n'en feras rien,
　　Lui dit-on, Roquet le sait bien,
Et c'est ce qui le rend si fort de sa faiblesse.
　　Ainsi, ne craignant pas les coups,
　　Nous entendons Margot sans cesse
　　Piailler contre son époux.

Ainsi le journalisme abuse de la presse.

Moufflard et les deux Anes.

*(L'auteur a suspendu la publication de cette fable, parce
que l'on pourrait y trouver des allusions satyriques et per-
sonnelles.)*

Moufflard sans maître.

Pour avoir trop bien fait son devoir, son service,
Avoir trop aboyé, dit-on, envers les gens
   Bons et méchans,
  Sur le pavé, hors d'exercice,
   Depuis long-temps !..
 Se faisant vieux, Moufflard restait sans maître.
 Qu'il est heureux ! disait maint et maint chien.
  Indépendant, sans nul lien,
Courir !.. Il ne sent pas tout son bonheur peut-être.
  Non moins léger, tout aussi sot,
Moufflard d'abord parcourt sa libre carrière
Avec délices; mais, il reconnaît bientôt
Que chacun doit savoir se fixer dans sa sphère;
Qu'il faut, si pour la vie on n'a gagné son pain,
  Travailler : bref, Moufflard a faim.
 Pour prévenir l'imminente misère,
  Il va frapper aux portes du traitant,
Du fermier, demandant de l'emploi seulement.
 Moufflard se sent encore de l'aptitude.
 On lui répond d'un air railleur, ou rude,
Qu'il est vieux; du travail qu'il n'a plus l'habitude;
 Pauvre Moufflard !... Un jour, se souvenant
Que dans un grand château jadis monsieur son père
Mourut vieux serviteur, il y vole; il espère

Que c'est un titre; et puis, dans un pareil palais
Qu'est-ce qu'un chien de plus ? Moufflard sent désormais
Renaître l'abondance; il se voit déjà près
De traîner des enfans le char et le carrosse :
      On trouve qu'il n'est qu'une rosse.
Enfin, las de ses cris, par pitié de ses maux,
    Le gouverneur lui fait jeter un os,
    Os maigrelet, sans chair et sans moëlle.
      Peut-être, en d'autre temps, Moufflard,
    Quand il était bien nourri, gras à lard,
    Ayant bien plus d'orgueil que de cervelle !
    Comme aumône eût le bienfait rejeté.
      Moufflard aujourd'hui voit plus juste.
    Dans le bienfait il voit la main auguste
Du jeune bienfaiteur d'avance préparé
A faire des heureux : il bénit sa bonté !
     Sa fortune serait complète,
     S'il pouvait, hélas ! quelque jour,
     Obtenir dans sa basse-cour
    Une honorable et paisible retraite.

Moufflard et le Porc noyé.

(Imitation de LA FONTAINE. *Fable 25, livre 8.)*

    De quais en quais, tant bien que mal,
Cherchant un incertain, un mesquin ordinaire,

Mon Moufflard vit un corps flottant sur la rivière.
 Qu'est-ce, dit-il, en vain je flaire,
Je ne puis deviner quel est cet animal.
 N'importe, âne, bœuf, ou cheval,
 C'est toujours fameuse curée.
 Patientons quelque moment.
 Le vent et même le courant
 Vont l'amener à ma portée.
 Lorsqu'elle y fut, voilà que notre chien
 S'élance soudain à la nage
Pour attaquer l'objet à l'abordage ;
 Non sans effort, il fait si bien
 Qu'il l'amène sur le rivage :
C'était un porc gros et gras, mais pourri,
 Déjà de vers presque rempli.
N'importe, dit Moufflard, ce sera bien dommage,
Si l'on n'en peut tirer aile ou cuisse. Déjà
 Avec ardeur il se met à l'ouvrage,
 Quand tous les chiens du voisinage
 Corbeaux mêmes, et cœtera,
(Car plus d'un pauvre aussi, je pense, s'y trouva,)
 Vinrent lui disputer sa proie.
 Il lui fallu rabattre de sa joie,
 Et se contenter de sa part.
Sa peine ne fut pas absolument stérile,
 Mais le bonheur n'est pas fait pour Moufflard !..

 Tel, par génie ou par hasard,
 Fait une découverte utile,

Qui voit bientôt concurrens et rivaux
Venir, par centaine et par mille,
Ravir ou partager le fruit de ses travaux.

Moufflard affamé.

Le succès justifie et légitime tout,
La folie, et même le crime.
La vertu qui de rien ne peut venir à bout
N'est que vertu pusillanime.
Que dire donc de la nécessité?
Que, sans succès, à tort on s'autorise d'elle.

Un chien de légère cervelle,
Bon diable au fond, par le sort balloté,
Ayant passé de servage en servage,
Ayant fait maint et maint métier,
Moufflard enfin, était sans maître. Le dernier
Avait péri dans un naufrage.
Aussi, de la ferme au château,
Et jusqu'au toit le plus rustique,
Du gros bourg au moindre hameau,
Soir et matin, haletant bel et beau,
Il court offrir ses services. Bernique :
Chacun lui dit qu'on a les siens.
Puis, par le temps qui court, de prudence on se pique.
Il faut des protecteurs, même parmi les chiens,

Des répondans. Eh bien! dit le chien famélique ,
    Nous allons nous rendre à Paris :
Paris, chacun le sait, est une ville unique.
    Les ignorans, les érudits,
Les bons et les méchans, tout y vit : c'est le diable
Si je n'y trouve pas ce qu'il me faut... du pain,
Du pain, de l'eau, c'est tout, quand on est misérable.
    Et Moufflard en prend le chemin.
Chemin faisant, il voit, traversant la bruyère,
    Un loup, ayant sur son dos un mouton.
Plus bas, c'est un renard, au détour d'un buisson ,
    Plumant poulette avec sa mère;
    Enfin, dans l'air, c'est un hibou
Portant de même une proie en son trou.
    Être barbare et sanguinaire ,
    Dit-il au renard, en passant,
Plutôt que d'égorger ton semblable innocent ,
    Pourquoi ne pas te faire une industrie?
Le renard lui répond : Va, de tes questions
    Peut-être un jour tu verras la folie;
Nécessité nous force à pareil train de vie.
– Mais, vous vivez de sang ! – De sang, soit.. nous vivons !
    Se payant peu de ces sottes raisons,
    Mon Moufflard poursuivit sa route.
Le voilà dans Paris. Il y cherche sans doute
    Quelques parens, quelques amis
    Qu'en son village il a traités jadis :
On n'a gardé de lui nulle part souvenance.

Et nulle part on n'est, malgré l'air d'opulence,
Moins hospitalier qu'on ne l'est à Paris.
Mais dans ce gouffre aussi la vie est hors de prix;
Aux souffrances d'autrui l'oreille en devient dure.
   Boire aux ruisseaux, fouiller aux tas d'ordure,
   Voilà le sort du malheureux Moufllard !
   Ce n'est plus ce chien gras à lard.
   Enfin rodant un soir dans un passage,
De poulets, de dindons tout plumés l'étalage
   Frappe son flair; l'occasion, la faim,
L'obscurité du lieu, que sais-je, son destin,...
N'a-t-on pas ses momens de faiblesse? Un plus sage
Eût résisté peut-être. Il ne résiste pas;
Il vous happe un poulet; était-il maigre ou gras ?
Ne sais; mais la marchande, et son fils et sa fille,
   Et maint passant, et maint badaud,
   Criant en chorus au plus haut,
   On l'arrête, on vous le houspille.

   Se rappelant, quoiqu'un peu tard,
   La prédiction du renard,
   Eh quoi! disait-il, l'on m'étrille
Pour un poulet sentant déjà mauvais,
Nécessité causa seule ma peccadille,
   Lorsque hibou, loup, renard.... Pauvre drille,
Il te fallait comme eux voler avec succès.

Moufflard virtuose.

Pour avoir dévié des principes d'honneur,
Avoir trop écouté le cri de la misère,
De la nécessité le sophisme trompeur,
Pour être enfin sorti de son bon caractère,
    Nous avons vu notre chien affamé,
        Honni, battu, presqu'assommé.
        Je le vois, dit-il, dans la vie
        Il n'est qu'une honnête industrie,
Mais que faire? et que font les talens, sans emploi?
      Puisque personne ici ne veut de moi,
        Sans protection, sans avance,
      Je ne puis voir l'avenir sans effroi ,
Que faire? N'est-il plus pour moi de providence !
Dans ces tristes pensers, il allait... Quand au coin
De la place Dauphine, il aperçoit de loin
      De badauds une foule immense.
Il y court : c'est Bertrand cadet et Guenillon,
      Avec sa sœur la charmante Sautille,
      Tous trois coiffés, tous trois en cotillon ,
Marchant, sautant, dansant debout. Le bonheur brille
Au milieu d'eux. Le maître en son chapeau
Voit pleuvoir à la fois les cinq et dix centimes.
      Bon, dit Moufflard, voilà bien du nouveau.

Ces talens-là sont-ils donc si sublimes?
N'en puis-je pas bien faire autant?
Et le voilà sur les pieds de derrière
Qui se dresse. Il n'a point fait cinq pas en avant,
Qu'il tombe, et ce n'est pas à terre;
Dans sa chute, il renverse, hélas!
L'étalage d'une orangère:
Présomption de sottise est la mère.
Quels cris, quels horions, quels affreux brouhahas.
Oh! pour le coup, à la rivière
Il courait se jeter la tête la première,
Lorsque le vieux Italien,
Maître de l'aimable Sautille,
Dit : que l'on me laisse ce chien;
Un de plus dans notre famille
Pour la dépense ce n'est rien :
Je veux en faire quelque chose.
Las! au pain près, son sort n'en fut plus doux.
L'Italien en fit un virtuose,
Mais ce fut à force de coups.

En bien, en mal, de nous le destin seul dispose.

~~~~~~~~~~ ~~~~ ~~~

Moufflard presqu'ingrat.

Depuis deux mois, au grand château voisin,
Toujours sans maître, notre chien

Avait sa pitance ordinaire.

C'était bien peu de chose; mais enfin

C'était assez pour lui sauver la faim.

Tranquille aussi sur cette affaire,

De nulle autre Moufflard ne prend le moindre soin.

Auprès de la borne, en son coin,

Tant bien que mal, il rumine, il digère,

Il végétaille, il philosophe, enfin

Il se façonne à son triste destin :

Lorsque, sans réfléchir, sans doute, à sa misère,

Au château, sans plus de façon,

On lui supprime la pitance.

Eh quoi! dit-il, sans rime, ni raison!

Fallait du moins me prévenir d'avance;

J'aurais ailleurs cherché; pensent-ils donc, ces grands!

Que leur morceau de pain vous met dans l'abondance.

Et le voilà de la reconnaissance

Tout prêt à secouer les chaînons trop pesans.

Voilà Moufflard qui grogne, qui murmure,

Les maux qu'il sent le plus ce sont les maux présens.

Le bienfait supprimé lui devient presqu'injure.

Que voulez-vous, ainsi dans la nature

Sont faits les cœurs des bêtes et des gens.

Moufflard et le Loup hospitalier.

En attendant toujours que, tôt ou tard,
  De ses maux la somme finisse,
Nous avons vu l'infortuné Moufflard,
Souvent sur le pavé, souvent hors de service,
  Du sort essuyer le caprice.
Nous avons vu, comme au château voisin
On supprima brusquement la pitance
  Qui le sauvait à peine de la faim;
Nous avons vu, dans quelle circonstance,
  Et comme un bon Italien
Voulant l'associer à l'aimable Sautille,
  L'introduisit dans sa famille;
  Mais, las! de notre pauvre drille
Ne pouvant assouplir le jarret ni les reins,
  Il le laisse à travers chemin.
  Désespéré, perdant presque courage,
Moufflard se dit : retournons au village,
Car de la liberté, de Paris, je suis sou;
Moufflard n'était pas né pour sortir de son trou.
  Voyons Guillot; Guillot est dans la bière.
Le berger du village est un berger nouveau,
Du pauvre accueillant mal la plainte et la prière :
Il est chargé, dit-il, d'un très-nombreux troupeau,

De plus il doit ses soins aux chiens de la commune,
    Et Moufflard pour lui n'en est plus.
    Tous discours seraient superflus;
    Qu'ailleurs Moufflard cherche fortune.
D'insister trop Moufflard se garde bien.
Dans ce pasteur il trouve un vrai Pharisien
Qui, croyant marcher droit sur la ligne du bien,
    Aisément d'un rien s'importune.
    Que faire pourtant? Pour le coup,
    Sur ces principes bien moins ferme,
(Un dur pasteur les ébranle beaucoup.)
Il allait.... quand il voit courir hors de la ferme,
Un mouton sur son dos, ce loup, ce même loup
Qu'il a quitté jadis d'une façon fort leste :
Il l'aborde, lui conte en peu de mots son cas.
Oh, oh! lui dit le loup, mon cher, tu n'es plus gras!
Mais avec cette charge, et tout ce qui nous reste,
Au charnier, nous pourrons faire plus d'un repas.
    L'essentiel est de presser le pas.
    Viens, en soupant tu me diras le reste.

Un loup si charitable! On ne me croira pas.

Mort de Moufflard.

Moufflard et son ami, (car vous soupçonnez bien
Que Moufflard a du loup pour jamais fait le sien.)

Après avoir tous les deux fait ripaille
De restes de gigots, de restes de volaille,
Avoir passé la nuit dans un doux entretien,
A se remémorer leurs antiques prouesses,
A faire des châteaux de mille et mille espèces,
Sur le matin, tous deux voulurent sommeiller.
Une bonne action est un doux oreiller.
    Le loup jamais n'eut autant d'alégresse.
Les voilà donc tous deux, tout au fond du charnier,
    S'allongeant; lorsque le berger,
Dont le loup prit hier la plus notable pièce
Robin mouton, Robin l'objet de sa tendresse,
    Approche, accourt pour se venger.
Il est armé, suivi de plus d'un estafier
Qui doivent seconder sa terrible vengeance.
Moufflard les sent, les voit, il reconnaît bientôt
    Le dur successeur de Guillot,
Moins prêt à pardonner qu'à punir une offense.
Ami, dit-il au loup, enfile ce sentier,
    Sur eux prends vite de l'avance.
— Et toi? — Je reste. — Quoi? — Sauve-toi le premier,
Bien mieux que toi, près d'eux, je puis obtenir grâce.
Ici, voyant quelqu'un, ils se rueront sur moi
    Sans plus s'inquiéter de toi.
    Adieu, cours vite, adieu!... que je t'embrasse!
Nous nous retrouverons, s'il plaît au ciel! Le loup
    Est bientôt loin; de fusil plus d'un coup
    De maints côtés assaillent le repaire.

Moufflard en est atteint, il meurt; quelle pitié !
  Pourquoi? Dix fois de la misère
Il fut presque victime.... Il l'est de l'amitié !

LIVRE QUATRIÈME.

Le Mulet glorieux.

(Imitation de LA FONTAINE. *Livre 6, fable 7.)*

Oui, mon père, pardon, je l'attends à genoux,
Je suis un glorieux, un ingrat; entre nous
    Je vous respecte, vous révère,
    Vous honore autant que ma mère,
    Mais en public, que voulez-vous ?
Je ne puis, sans rougir, vous avouer pour père.
Ainsi certain mulet, devenu grand seigneur,
    Dorait la pillule au vieux hère
Qui du moulin faisait le service ordinaire;
    Pendant que son fils a l'honneur
    D'être d'un prélat la monture,
Dans ces temps qu'un prélat n'avait pas de voiture.
    Mon fils, dit l'âne, la nature
Ne perd jamais ses droits; si le caparaçon
    De tes reins cache la courbure,
   Mon fils, mon sang, écoute la raison;
   Cesse de tant chanter merveille :
    On te reconnaît à l'oreille.

Combien de parvenus sont trahis par le ton.

Les Yeux clairvoyans.

Phèdre a dit : pour bien voir il n'est que l'œil du maître ;
Et La Fontaine y met encor l'œil de l'amant.
C'est ce que chacun d'eux démontre élégamment.
    On pourrait y joindre peut-être
    L'œil le plus clairvoyant de tous ;
    Et lequel donc ?... L'œil du jaloux.
    Comme l'amant, l'époux peut l'être ;
    Et je les plains : il n'est pas d'être
Selon moi plus à plaindre en tout cet univers.
Mais si notre ami Jean et Phèdre, dans leurs vers
N'ont pas sur ce sujet arrangé quelque fable,
    C'est qu'ils ont jugé ce travers
    Hors du genre, trop peu traitable,
    Et d'autant plus qu'il arrive souvent
Que dans sa passion le jaloux y voit double,
    Et qu'un objet lui paraît trouble,
Témoin ce fou ; ne sais s'il fut amant, époux,
    Mais il n'était pas de tourment
Qu'il ne fît, nuit et jour, éprouver à la femme
    Dont il était le tyran par amour.
Il lisait dans ses yeux, il lisait dans son âme
Qu'elle ne le payait que d'un faible retour.
Entrant chez elle, un soir, d'un air et triste et sombre,

Enfin, dit-il, perfide, je l'ai vu,
Vous étiez deux ici, dis, qu'est-il devenu?

Il se démène, il cherche,... il n'avait vu qu'une ombre.

~~~~~~~~~~~~~~~~~~

Ma Chienne.

(Synonymes français, art. 809.)

Dans le *regard* se lit le caractère,
  Chaque passion a le sien.
  Regard de pitié, de colère,
D'orgueil, et cœtera. Sur son discret maintien
L'hypocrite Mathan veille ; un *coup-d'œil* sévère
Le démasque. A travers tout le petit mystère
  Dont s'enveloppent les amans,
  Aux yeux d'un jaloux, d'une mère,
Une *œillade* a bientôt trahi leurs sentimens.
Entre les animaux, l'homme ainsi modifie,
  Seul, les facultés du *regard*.
  Je ne vois pas que le loup, le renard,
Le chien, le chat, tout autre être ayant vie,
  Aient aussi la propriété
  De faire jouer la prunelle.
  Peut-être que la volupté,
Que la colère ou la douleur cruelle
  Rendent leurs yeux plus expressifs ;

Mais, à coup sûr, les camarades
N'entendent rien aux jeux furtifs
Ni *du coup-d'œil*, ni *des œillades.*
Que dis-je? qui de nous a fait
D'assez sérieuses études
Des sentimens, des habitudes
De l'animal même qui naît
Dans nos foyers? Un jour, d'un coup trop rude,
Le cœur navré, j'étais, à mon bureau,
En proie à la sollicitude.
S'approchant doucement, allongeant le museau
Sur mes genoux, ma pauvre chienne
Me regarde avec âme! attendrissant sa voix,
Elle voit, elle sent ma peine,
Son cœur en partage le poids.
Voilà pour le *regard*. A table,
Lorsque chacun a ses morceaux,
D'un *coup-d'œil* elle voit celui qui tient un os,
Celui qui lui sera contraire ou favorable.
Quand à l'*œillade*, quelques jours
Je l'épîrai dans ses amours.
Jeune encore, sans qu'elle jette
Son cœur à la tête des gens,
Elle aime à voir des flots de courtisans;
Et l'*œillade* est aussi l'arme de la coquette.

Tout passe!

(*Synonymes français*, art. 841.)

Ce qui *passe* n'est pas durable;
Ce qui se *passe* n'est pas stable.
Tout *passe* et se *passe* ici-bas.
Célimène dont les appas,
Dix ans entiers, rivèrent, autour d'elle,
Les fers de maints et maints amans,
Au genre humain cherche querelle,
Quand elle voit un infidèle
Briguer ailleurs une chaîne plus belle;
Elle nous traite alors d'injustes, d'inconstans.
Tout le jour pendue à sa glace,
Elle devrait voir bonnement
Que c'est sa beauté qui se passe.
Que le charme insensiblement
S'affaiblit. Amélie, avant elle, subit
Du temps l'irréparable outrage.
Avant de devenir plus sage,
Long-temps Amélie en gémit.
Célimène, ainsi qu'Amélie,
Sera consolée, en voyant
Que tous les maux de cette vie
Passent assez rapidement;

Que les plus obstinés *se passent* à la longue ,
Et disparaissent à la fin.
Ah ! sans ce bienfait du destin,
Puisqu'en naissant on souffre , il est certain
Que la vie en serait trop longue.

La Pie et le Coq.

(Synonymes français , art. 738.)

Malgré la dureté du temps ,
Et gagnant à peine leur vie
Pour eux et pour leur cinq enfans ,
Des pauvres gens nourrissaient une pie :
Chacun n'a-t-il pas sa manie ?
Margot , on sait assez ses malheureux penchans.
Et pourquoi lui chercher querelle ?
N'avons-nous pas les nôtres ainsi qu'elle ,
Et dont nous ne pouvons non plus nous corriger ?
Margot donc , de son maître ayant trouvé la bourse ,
Lestement s'en va la cacher
Chez le voisin ; voilà son maître sans ressource.
Un coq, tel *matineux* que soit cet animal ,
Ce jour-là se trouvait encor plus *matinal* ,
Il avait devancé l'aurore.
Il aperçoit notre pécore
Se trémoussant pour cacher son larcin.

Ah ! méchante, dit-il, quoi ! de si grand matin
   Faire le mal, désoler la famille
   Qui te nourrit, toi qui n'es bonne à rien.
Or, le vol est bientôt connu chez le voisin ;
     La mère en accuse sa fille
     Dejà grandelette et gentille,
     Le père tanse son garçon
     Déjà coureur et polisson.
   On jure, on crie, on répand mainte larme
     Dès le matin, dans la maison ;
   Du haut en bas ce n'est plus que vacarme ;
Lorsque l'on voit le coq ; en son bec est tenu
   Le boursicot et tout son contenu.
     Vous soupçonnez bien quelle fête
On fit à cette bonne et charitable bête.
     Ce n'est plus que joie et chanson.
  Enfin, on veut le payer de sa peine
     Par force blé, par force aveine ;
     Il y fait d'abord des façons ;
On lui prouve *à la fin* qu'on peut sans conséquence
     Accepter quelques légers dons
     Offerts par la reconnaissance.

Le Renard courtisan.

(Synonymes français, art. 220 et 221.)

Un vieux renard, vieux courtisan,
A son fils, engagé dans la même carrière,
Donnait ce conseil : Mon enfant,
J'ai fait de notre prince et de son caractère
Une étude particulière.
Il est bon, généreux et grand;
(Voyez, tout bas dit-il, si personne n'entend.)
Mais, il est *colérique,* il est même *colère,*
Puisqu'il ne met nul frein à son humeur.
Or, quand c'est son auguste cœur
Qui se trouve vraiment piqué dans la colère,
Adressons-nous au cœur directement :
Il revient dès qu'on sait le prendre.
Quant au *courroux,* il est moins facile à se rendre,
Etant mû par le jugement,
Bien plus que par le sentiment.
La vanité faisant tout son mobile;
Une soumission bien humble, au moins docile,
Peut l'apaiser; mais pour *l'emportement,*
N'étant qu'un ressort mécanique,
Sans que l'esprit, le cœur y prennent nulle part,
La raison n'étant pas de mise à son égard,

C'est une éruption soudaine, volcanique,
　　Il faut céder tant qu'il ait eu son cours.
　　　De lui-même presque toujours
　　Le prince, le premier le trouvant pitoyable,
　　　Vous veut du bien d'avoir pu le souffrir.

Celui de nos amis est plus désagréable,
　　　Et plus pénible à soutenir.

L'Homme fort et l'Homme faible.

(Synonymes français, art. 462.)

L'homme fort peut avoir ses momens de faiblesse,
　　Ce n'est alors qu'égarement du cœur.
L'homme faible qui l'est et le sera sans cesse,
Sent, souffre, et se reproche à jamais son malheur.
　　La passion, même un élan louable,
Précipitera l'un dans une grande erreur.
　　De cet état sortant avec honneur,
　　　Il ne sera pas misérable :
La chute et la victoire auront eu leur douceur.
Turenne, déjà vieux, eut la double faiblesse
　　D'aimer une jeune duchesse,
Et de lui révéler le secret de l'état;
Mais il sut réparer ce tort avec éclat.
L'homme faible aurait pu se rendre aussi coupable;

Mais n'eût jamais pu réparer son tort.
Pour son âme, le moindre effort
Est un tourment qui le rend incapable
D'agir avec vigueur. Il serait un benet
S'il ne sentait son faible. Il le sent; le pire est
Qu'en gémissant, il voit enfans, femme, valet,
Abuser de son caractère,
Contrarier sa volonté,
Et sa volonté la plus chère,
Sans lui savoir nul gré de ce qu'ils lui font faire.
Du pouvoir qu'on exerce, intimement flatté,
On est très-sensible au contraire
Au faible que pour nous éprouve l'homme fort,
Car c'est pour nous seul qu'il a tort.

Le Papillon et la Chenille.

Le papillon disait à la chenille :
Vois-tu cette rose qui brille,
Et ce beau fruit mûr à faire plaisir?
Il te faut, pour y parvenir,
Ramper, ramper, quand d'un seul trait j'y vole.
Chenille lui répond : un espoir me console :
C'est qu'en rempant on parvient comme toi.
Ces jours derniers, mon petit drôle,
On te voyait ramper ainsi que moi.

Le Renard et le vieux Cerf.

N'est-il pas plaisant que les hommes,
Les plus cruels des animaux,
Veuillent nous dépeindre en deux mots,
Disant que, nous renards, nous sommes
De leurs basses-cours les fléaux.
Ainsi parlait renard, dépeçant deux vieux coqs
Dont besoin seul, dit-il, lui faisait faire usage.
S'il dépendait de lui, certe il vivrait d'herbage.
  Mais l'homme, en tout si privilégié,
    De pain, de fruits et de laitage
Qui peut vivre, jamais est-il justifié
Sur tous les élémens d'exercer son carnage ?
Qu'au besoin d'un poulet, d'un lièvre, d'un lapin,
    De quelque chose ayant eu vie,
    Il satisfasse son envie,
    Passe encor, si c'est pour son bien;
    Mais sur nous, sur le cerf, le daim
Dont il trouve la chair puante, détestable,
    S'acharner comme il fait en diable,
    Non-seulement lui, mais son chien,
C'est affreux. Il allait en dire davantage
    Quand un vieux cerf qui, par son âge,
A dû plus d'une fois se plaindre des humains,

Lui dit : Tu peux faire le bon apôtre;
Mais cesse, en te plaignant de l'homme et des destins,
  D'assimiler ta nature à la nôtre.
La conscience à nous ne nous reproche rien.
  De tes méfaits la forêt est remplie.
Fais-tu grâce jamais à la poule qui crie
  Sous ta dent? Il est très-certain
Qu'homme, je ne voudrais te souffrir pour voisin.

  Ainsi, nous voyons dans la vie,
  Pour intéresser quelque brin,
  Tel sot, tel méchant, qui s'allie
  A gens d'esprit, à gens de bien.

~~~~~~~~~~~~~~~~

L'Appariteur colère.

Du maître craignez la colère,
Craignez encore plus la haine du valet.
  Sans aller loin, je vous puis d'un seul trait
  Poser le fait, *jusqu'à preuve contraire.*
  Un jour un procureur du roi,
— Un procureur du roi! mais est-ce bien croyable?
S'écrie un chef d'appariteurs. Eh quoi!
Un procureur du roi dans une fable!
  — Eh pourquoi pas, ami censeur,
  Quand on y parle bien du maître,
  O peut bien parler peut-être

Du sujet et du serviteur.
— Un serviteur ! mais c'est un fou que cet auteur !
— En quoi donc trouvez-vous cette rime indiscrète ?
— Ne sais-tu pas, qu'ainsi que tous nos magistrats,
De la loi seule il est l'honorable interprète.
   Un serviteur !... Ne se flatte-t-il pas
Qu'un imprimeur consacre une telle sottise :
Si c'était moi qui *fût* monsieur le procureur...
— Mais, mon cher, si ma fable était en son honneur ;
   — Oh ! tu paîrais bien cher ta balourdise.
   — Eh bien ! je n'irai pas plus loin.
Je ne suis pas ami, moi, du scandale,
Votre menace ici prend elle-même soin
   De justifier ma morale.

Les deux Chats.

Commensaux d'un même logis,
Deux chats de divers caractère
Vivaient ensemble en bons amis.
L'un, angora, ne quittait guère
Les pieds du lit ou la bergère,
S'embarrassant peu des souris ;
C'était le Rominagrobis
Et le plus fainéant et le plus débonnaire.
L'autre, toujours par vaux et par chemins,
Grand chasseur, et soirs et matins,

Aux animaux faisait la guerre.
L'étang pour le poisson, le bois pour le lapin,
 Étaient chacun son tributaire.
 Il ne fait pas si bonne chère
 Que son ami le châtelain,
Au castel rarement il prend son ordinaire,
Il ne fait qu'y coucher; il préfère le train
De ce genre de vie. Ainsi que d'habitude,
 Certain soir, ou certaine nuit,
 Il revenait à petit pas, sans bruit,
De ses hauts faits du jour charmer par son récit
 De son ami la triste solitude.
 Le col tendu, les narines en l'air,
 Jugeant ce qui l'entoure par le flair,
Passant par la cuisine, en un plat découvert
 Il sent, il voit une fraîche curée.
 Soudain il se jette dessus,
De la patte et des dents y fait mainte trouée.
Voyez-vous Diomède avec sa grande épée
Moissonnant les soldats du malheureux Rhésus.
Il porte à son ami la meilleure lippée,
 Que l'angora trouve d'un goût exquis.
Sur la bergère l'un, l'autre sur le tapis,
Chacun enfin dort; mais, bien avant l'aube,
Aux futurs accidens mon drôle se dérobe,
 Laissant dormir son ami délicat.
 Or, quand le chef vit de son plat
 L'énorme, l'horrible dégat,

Suivant le délit à la piste,
Il parvient au coin du tapis
Où de ses ortolans il trouve maints débris.
Notre chef, n'étant pas autrement formaliste,
Vous étrille le bon Mitis
Qui n'était pas le vrai coupable.

Justice trop souvent n'est pas plus équitable;
Mais aussi nous devons bien choisir nos amis.

Le Coq et le Chat.

Un coq, se faisant vieux, pourtant de son jeune âge
Conservait encore à la fois,
Et la chaleur et le courage;
Dans son sérail peut-être ses exploits
Étaient moins brillans qu'autrefois,
Mais de ses chants toujours il devance l'aurore,
Par ses chants belliqueux, de l'éperon parfois
Des poussins il écarte encore
Et le renard et le vautour.
Avec Mitis il eut un jour
Prise de bec, disons querelle décidée.
Il accusait Mitis d'avoir,
Autour du poulailler rodant matin et soir,
Pris un poussin errant hors la couvée.
Quand? il ne sait, ce fut, certe, à la dérobée,

Il n'en a pas la preuve; aussi Mitis,
Fort de ce sot aveu, l'oblige à comparaître
    Devant le tribunal du maître,
    Qu'il force même, par ses cris,
    A prononcer suivant l'usage
    Contre son dénonciateur,
La peine dévolue au calomniateur.
Le juge qui connaît Mitis pour l'escroqueur
Le plus hardi qu'il fut d'oiseaux et de fromage,
N'en condamne pas moins, et bien contre son cœur,
Le pauvre coq, du bec de l'aile qui s'escrime,
    Jetant les hauts cris; le maraud,
Impunément, dit-il, aura commis un crime,
    Et moi, je suis puni pour un défaut.
    Le jugement de mon maître est inique.
Non, lui répond son maître, ami, cela s'explique.

Il a la tête froide et toi le cœur trop chaud.

Médor et Raton.

(Synonymes français, art. 959.)

Pourquoi faut-il que le bienfait
De la mémoire aussi facilement s'efface,
    Quand une offense, ou quelqu'objet
Qui put blesser en nous l'orgueil ou l'intérêt,

Y laisse une profonde trace?
Commensaux du même logis,
Quoique tous deux de divers appétits,
Raton, Médor vivaient en paix ensemble :
Il n'est pas de rigueur qu'en tout on se ressemble
    Pour être à peu près bons amis.
  Médor, ne sais pour quelle impertinence,
Par sa maîtresse un jour fut mis en pénitence ;
    Si bien qu'il y fut oublié.
  Un jour entier il n'a pas sa pitance.
  Raton de lui n'ayant nulle pitié,
    Mange, à son nez, son ordinaire.
  Médor en vain réclame l'amitié,
    Tous les procédés qu'en bon frère
    Il eut pour lui toujours. Naguère
Ne l'a-t-il pas retiré de la dent
Du chien voisin lui taillant la croupière,
    De ce service si récent
    Raton n'a pas de *souvenance*,
    Pas la moindre *réminiscence*.
    Ne se *ressouvenant* non plus
D'autres bienfaits que quand Médor les lui rappelle,
Services oubliés, aussitôt que reçus.
Mais il n'a pas pour tout la mémoire infidèle.
    Il se *souvient* parfaitement
Qu'encor enfant, Médor, vainqueur d'une querelle,
  Lui prit un os, l'os le plus succulent.

Certes, d'un cœur reconnaissant
Raton n'était pas le modèle.

~~~~~~~~~~~~~~~~~~

La Vigne et l'Ormeau.

Sur un ormeau d'une belle venue
Une vigne était épandue;
Le spectacle en était intéressant et beau;
Elle se mariait presqu'à chaque branchage.
Mais, commère, lui dit l'ormeau,
En couvrant ainsi mon corsage,
Vous m'intercepterez et l'air et le soleil.
De me nuire il ne serait pas sage,
Notre intérêt entre nous est pareil.
Cher hôte, lui répond la vigne,
Vous nuire! Le trait serait par trop indigne.
N'êtes-vous pas mon protecteur?
Ah! mes embrassemens sont ceux du mariage!
Et, contre le soleil et sa trop grande ardeur,
Les vents impétueux et les coups de l'orage,
C'est pour vous protéger. Elle fit davantage.
Lorsqu'enfin le temps fut venu
Que notre ormeau pouvait être abattu,
Le maître dit : je ne puis me résoudre
A rompre un aussi bel accord.
Quelle aimable union! Je ne veux la dissoudre.
L'orme ainsi ne mourut que de sa belle mort.

La Poule et l'Œuf de canard.

Sous une poule, excellente couveuse,
On mit, parmi les siens, un seul œuf de canard.
    Non loin de là, se trouvait, par hasard,
        Une mare infecte et bourbeuse.
    A peine éclos, notre canneton part
        Vers l'eau, s'y plonge, et s'y replonge.
Voyez la poule au bord, oh ! comme elle s'allonge !
Et de ses gloussemens rappelle le fuyard !
Il n'est pourtant pas d'elle ; à cet amour de mère
Un œuf de crocodile aurait la même part ;
    Et cette erreur n'est pas particulière
Aux animaux. La femme allaite de son sein
Un enfant supposé qu'elle prend pour le sien ;
Elle l'aime ! L'époux s'en croit aussi le père.
Passe encor pour l'époux. Mais l'amour maternel ?...
Je croyais qu'il tenait quelque chose du ciel.
    Ne serait-il qu'instinct matériel ?

Ah ! c'est désenchanter cet aimable mystère !

6

Les deux Paons et le Corbeau.

Il ne faut pas à tous venans
Crier grâce, miséricorde;
Il ne faut pas montrer la corde.
Ainsi parlaient deux jeunes paons
A certain corbeau, leur confrère,
Qui, maltraité par l'âge et par les gens,
Pensait que trop chercher à plâtrer sa misère,
N'était que se donner des embarras de plus,
Et prenait peu de ces soins superflus.
Amis, leur disait-il, amis, de telle étoffe
Que soit le beau manteau dont par la vanité
On se croit bien empaqueté,
A travers, et bien mieux que l'œil du philosophe,
Percera l'œil de la malignité.

Le beau Paon déchu.

Des beautés de sa queue un paon était si fier,
Que c'était bien la plus sotte pécore.
De l'épouse de Jupiter
Être l'oiseau, ce titre ajoute encore

A son ridicule travers.
Il n'est pas dans les bois, il n'est pas dans les airs
    D'oiseau qui lui soit comparable.
  Il le pensait, il le disait : pourtant
  Ne sais trop comme on vit le pauvre diable
    Dépérir insensiblement.
Ce n'est plus le rubis et la brillante opale
    Qu'à l'œil ravi sa riche queue étale;
  Sa plume est terne, et tout est noir chez lui.
Il ne lui reste plus que ses pattes, son cri.
Aussi, ses commensaux, les hôtes du bocage,
    Tous, même jusques au hibou,
      Quittant son trou,
Sifflent l'orgueil déchu du triste personnage.

  Sachons au sein de la prospérité
    Garder toujours un air modeste,
    Pour qu'au moins dans l'adversité
    L'indulgente pitié nous reste.

Le Paon virtuose.

Certain vieux paon faisait encor la roue,
    Chacun admire, chacun loue
De sa queue enrichie et d'or et de rubis
Le brillant éventail. Ainsi de ses habits

Tel faquin prétendra tirer tout son mérite.
S'il s'en tient là, la faute est encore petite;
 Mais notre paon a d'autres appétits :
La louange a gâté de plus rares esprits.
  Il prétend à bien autre chose,
  A l'esprit, aux talens; il ose
Au rossignol du chant disputer le grand prix;
Dans la danse, il veut être un Aumer, un Vestris.
  De ses travers plus d'un connaisseur glose,
  Mais à maint sot sa jactance en impose,
Malgré sa laide patte et ses ennuyeux cris.

  Ainsi l'on voit de par le monde,
  Maints parvenus, maints enrichis
  Vous assourdir de leur faconde.
Pour avoir des écus ras son vieux coffre-fort,
Le petit Raphaël, le cas n'est pas étrange,
Le petit Raphaël tranche de l'esprit fort.
  Ce Raphaël-là n'est pas l'ange !

Le Paon et le Dindon.

  Quelle folie est donc la tienne ?
Disait, faisant sa roue, un paon au noir dindon
  Qui, lourdement sur le gazon,
  Non loin de lui, faisait aussi la sienne,

Oser faire sa roue à côté de la mienne !
   Quelle folie ! Au moins, moi, quand à l'œil,
Des dons de la nature envers moi libérale,
   Complaisamment, avec orgueil, j'étale
      La richesse ; de mon orgueil
   Je puis.... Tu n'es pas plus fondé que moi,
   Dit le dindon, tous deux de la nature
Nous suivons, sans mérite, aveuglément, la loi ;
   Le chêne fut tout aussi sot que toi,
      Quand il fit au roseau l'injure
   De le railler sur sa fragilité.

Ce dindon-là disait la vérité ;
D'instinct chaque animal a reçu sa mesure.
Il n'en est pas ainsi de l'homme. En liberté
De son arbitre il use ; et ce beau droit de l'âme
   D'apprécier, par l'éloge ou le blâme,
   Le bien, le mal, les vertus, les défauts,
      Le distingue des animaux.
Faut-il contre ce droit, hélas ! que je réclame !
Quand je vois son abus produire tant de maux.

Les Paons insociables.

De cette opinion trop bonne de soi-même,
Fille de l'amour-propre et de la vanité,

Naît l'insociabilité.

C'est un travers, et ce travers extrême
Souvent nous cause bien des maux.
Parmi la foule d'animaux
Auxquels le roi de la nature,
L'homme, a souvent, par conjecture,
Attribué ses vertus, ses défauts,
Du sot orgueil le paon il gratifie;
Peut-être la philosophie
Peut contester cette attribution;
Car le paon, comme une autre espèce,
Étant dépourvu de raison,
De libre arbitre, doit agir sans passion.
Pour décider le cas avec justesse
D'autres auront, plus que moi, de talens.
Suivant l'opinion commune,
Je dirai donc que deux beaux paons
Vivaient à part, sans liaison aucune
Avec leurs nombreux commensaux.
Tous leur semblaient méchans ou sots.
Eh! comment de Margot la pie
Supporter, disaient-ils, l'insipide caquet?
De Moufllard la gloutonnerie?
Du vieux Mitis l'air plein de perfidie,
L'œil équivoque et le criard fausset!
Bref, chacun avait son paquet.
Il faut, disaient-ils, dans la vie,
Pour se lier avec les gens,

Que de fortune ou de talens
La mesure du moins soit à peu près égale.
En est-il un seul qui m'égale ?
Disait le mâle, étalant au soleil
L'éventail de sa queue à nul autre pareil :
Et qu'ai-je besoin d'eux ? Mais ayant pris querelle
Ne sais avec quel animal,
Chien, chat, margot, le dernier commensal
Tombent sur lui, comme sur sa femelle,
Et de sa queue et de son aile
Chacun arrache, sans pitié,
Jusques à la dernière plume.

Puisque pour se lier, l'estime et l'amitié
N'ont besoin d'être de moitié,
Voyez le monde, ainsi je me résume,
Ou craignez son envie et son inimitié.

LIVRE CINQUIÈME.

La Carpe et le Pêcheur.

(Imitation de LA FONTAINE. *Fable 3 , livre 5.)*

Arrêtons-nous un peu : vois-tu , ma fille,
 Sur nos têtes, à travers l'eau,
Ce je ne sais trop quoi, qui, suspendu, frétille.
 Ainsi parlait la carpe à son carpeau.
 Eh mère ! c'est un vermisseau,
Répond l'autre ; et soudain, trop avide, il le happe ;
Car il happe à la fois le perfide hameçon.
 Lestement le pêcheur l'attrappe,
 Et ce soir, pauvre carpillon
 Nagera dans la poële à frire.
Encore du fretin, dit le pêcheur ; sans rire,
 Ne sera-ce jamais le tour
 De cette fameuse commère
 Que l'on voit roder tout le jour ?
Elle ferait pourtant mieux mon affaire.
 Voyons, mettons lui cet appas.
 Vieux pêcheur, vous avez beau faire,
Dit la carpe, oh ! l'on ne m'y prendra pas.
Jadis, je crois, monsieur votre grand père,
 A mes prières, à mes cris,

Ma lachée, espérant me rattraper plus grosse;
Mais l'on n'a pas redonné dans la bosse.
De vos hameçons je me ris;
Et si ma fille, hélas! moins vive,
Se fût donné le soin d'attendre mon avis,
Elle ne serait pas maintenant sur la rive.

Le Voleur trop avide.

Dans une feuille d'Angleterre,
D'un voleur trop avide avez-vous vu ce trait?
Un gentleman, un beau jour, se rendait
A sa campagne, à pied, c'était son ordinaire.
Le courrier du jour à la main,
(Dans ce pays-là la gazette,
De sa nature un peu longuette,
Peut vous accompagner un bon bout de chemin.)
Il allait, ruminant peut-être dans sa tête
Des toris ou des whys quelque bonne défaite,
Quand il voit, débusquant du bois,
Au moment qu'il n'y pensait guère,
Venir à lui certain grivois
A la mine patibulaire,
Et qui, pourtant, bonnet bas, poliment
L'accoste. En ce pays, gens de certaine espèce
Affectent de la politesse.

Sir, lui dit-il, en anglais, *grant me lesse.*

(Avec votre permission ,

Eût dit un français;) Bah ! dit l'autre ,

Ne fais pas tant le bon apôtre ,

Je t'entends; et voilà que , sans plus de façons ,

Au voleur il jette sa bourse.

Tranquillement il poursuivait sa course ;

Il n'a pas fait vingt pas qu'il voit sur ses talons

Notre homme encore. *(Ah! sir, à thou sand pardons.)*

Mille pardons ou que je me meure ,

But you know , (¹) notre métier

A bien aussi quelque danger;

Il ne faut pas trop long-temps qu'on demeure

Au bois, sur le chemin, juste il faut savoir l'heure:

Permettez-moi donc, s'il vous plaît :

Et le voilà du lord qui prend la montre

Avec breloques et cachet.

Sans que sa voix, que son air même montre

La plus petite émotion,

Le gentleman le laisse faire.

Chez cette noble nation

Rien n'est, dit-on, plus ordinaire.

Il poursuit son chemin; quand, pour troisième fois,

Le pistolet en main , notre drôle l'arrête.

Pour le coup , le sang à la tête

Se portant, notre lord, d'une tonnante voix,

---

(1) Mais vous savez.

Lui crie : Eh bien ! que veux-tu ? misérable !

M'assassiner ? — Ah ! lord, *goddam !* au diable

Pareille idée. *Oh ! no, milord, no, no,* point, point,

But you siee, (1) j'ai besoin d'un pourpoint ;

Il m'en faut un pour la prochaine fête.

N'en avez-vous pas, vous, dix pour un ? Sur ma tête,

Il nous faut troquer notre habit.

De l'offre à la fin milord rit.

Voir d'un fripon un lord endosser la casaque !..

Que n'eût-on pas dans les communes dit ?

Ça, dit-il, monsieur le cosaque,

Qu'au moins ce soit pour la dernière fois.

'Pon my honnor, ce sera la dernière,

Dit l'autre. Eh parbleu ! je le crois,

Avec milord il n'a plus rien à faire.

Enfin, pressant un peu le pas,

Le gentilhomme arrive à sa gentilhommière.

Je laisse à penser les hélas !

Les cris et de Jasmin et de la chambrière,

Et de la dame et de la douairière,

Voyant monsieur dans cet accoutrement,

Mais de chacun quel fut l'étonnement

Quand, en fouillant la veste, on y trouve et la somme,

Et la montre et d'autres joyaux,

Voire quelques autres rouleaux,

Force *banknots ;* on devine bien comme,

----

(1) Mais vous voyez.

Ce voleur-là, certe, était un pauvre homme.
   Il réunissait, ce voleur,
   A bonne dose de bêtise
D'un certain loup et d'un certain chasseur [2]
   L'avarice et la convoitise.
   Je ne sais la mine qu'il fit,
Quand, à son tour, il fouilla son habit.

Le vieux Chien et le vieux Perroquet.

(Synonymes français, art. 312.)

Ma tante avait un chien, un perroquet,
   Qui, peut-être, dans la jeunesse,
Eurent tous deux leurs prix; l'un par sa gentillesse,
   L'autre par son savant caquet;
Mais qui, devenus vieux, fort vieux, de leur espèce
Étaient bien le rebut. Borgne, jaloux, sans dent,
   Sentant la rogne à dix pas à la ronde,
Tel je connus Médor. Il n'en fallait pas tant
   Pour le rendre le chien du monde
   Le plus maussade et le plus *dégoûtant.*
   Soir et matin, ne décessant de dire
Le même mot suivi d'un grand éclat de rire,
   Ce talent, s'il fut merveilleux,

---

(3) La Fontaine. Liv. 8, fable 27.

Du perroquet faisait, sans prétendre en médire,
  Le perroquet le plus *fastidieux*.
    Avec son air de suffisance,
    Même parfois d'impertinence,
  Monsieur Beaufils n'est pas plus ennuyeux.
  Ton blanc, ton rouge et tes minauderies,
Plus que jamais, Cloé, t'abusent aujourd'hui.
  Ton blanc, ton rouge et tes coquetteries
  N'inspirent plus que dégoût et qu'ennui.

La Pie et le Perroquet.

(Synonymes français, art. 401.)

  De son sot et bruyant caquet
  N'ayant plus l'oreille assourdie,
  Êtes-vous *en effet* guérie?
  Demandait un vieux perroquet
  A sa commensale la pie.
Caquet bon bec avait eu la pépie.
  Je le suis *effectivement*,
  Dit-elle; mais de mon silence
Un grand chagrin est la cause. — Eh! comment?
  — Vous savez que *sans conséquence*
Il m'arrive parfois de cacher quelqu'effet :
  Or, dans la maison il s'est fait
  Un vol de certaine *importance*

Qu'on m'impute. *Effectivement*
Un jour j'allai cacher un beau couvert d'argent,
Et conduisis ainsi Marton à la potence.
    Aussi c'est inutilement
    Que j'affirme mon innocence,
    On me juge sur l'apparence,
Quand un autre est vraiment le voleur. *En effet*
Du vol on découvrit plus tard le vrai coupable
    Qui se fit prendre sur le fait :
Margot en eut bientôt recouvré son caquet ;
Et je crois que je puis terminer là ma fable.

L'Enfant et les Fourmis.

    N'étant encore qu'un marmot
  Turbulent vif et partant un peu sot,
  Je répétais à ma défunte mère
  De l'ami Jean la fable première.
  Il m'en souvient, nous étions à Brunoy,
Dans le grand parc, au bout de la grande avenue ;
Nos premiers souvenirs ne sont pas sans émoi !
    On dit qu'aujourd'hui la charrue
A tout désenchanté dans ces aimables lieux :
Les nouveaux possesseurs en sont-ils plus heureux ?
    Mais revenons à notre fable.
Tout en la récitant, j'écrasais sans pitié,

Du talon ou du bout du pié,
Toute fourmi qui hors du sable
Montrait le nez, ou qui courrait l'on ne sait où.
Mais, Hippolyte, êtes-vous fou !
Me dit mon excellente mère ;
Pourquoi tuer ce petit animal ?
Vous a-t-il jamais fait du mal ?
Et quel mal pourrait-il vous faire ?
C'est affreux ! Mais, maman, repartis-je aussitôt,
« La fourmi n'est pas prêteuse,
» C'est là son moindre défaut. »
— Oui, mais elle est laborieuse,
Et son refus fait la leçon
A la fainéantise, à ceux dont la paresse
Peut seule causer la détresse.
Confus, je suspendis ma résolution
D'exterminer la gent fourmilière.
Mais aujourd'hui que l'âge ou l'éducation
Ont formé ma judiciaire,
Peut-être sans plus de raison,
Je ferais cette question
A ma prudente, à ma sensible mère :
Quels sont de la cigale ou la faute ou le tort ?
Quand la fourmi travaille, elle chante, d'accord ;
Mais l'une et l'autre suit les lois de sa nature :
Chacune remplit son destin.
Que la fourmi travaille, amasse force bien
Et s'en regorge outre mesure,

Soit ; mais doit-elle ainsi, sans que l'on n'en murmure,
Laisser mourir sa voisine de faim ?
A celui qui de tout prend soin c'est faire injure.

~~~~~~~~~~~~~~~

Le Rat de ville et le Rat des champs.

L'ami de Mécène et Virgile
Nous produit ainsi ses deux rats :
Vieux hôtes, vieux amis, de différens états,
L'un rat des champs et l'autre rat de ville.
Comment donc sur l'antiquité,
O mon maître ! en cette matière,
N'avez-vous pas, comme à votre ordinaire,
Pris la supériorité ?
Tandis que moi, chétif, j'ai la témérité
D'oser lutter contre un triple adversaire.
Mais revenons à notre affaire.
Notre campagnard, un beau soir,
Qu'il ne faisait ni trop jour, ni trop noir,
Invite à souper son confrère.
Loin des humains, dans un vieux trou,
Sous un vieux roc, où l'on glisse sous terre,
Tout en risquant de se casser le cou,
Du vieux manant sont le modeste office
Et les provisions qu'il prit je ne sais où.
Ne connaissant, lui, qu'un service,
Lard, petits pois, fromage, œuf dur, raisin,

Pêle-mêle, il sert tout ensemble à son voisin.
    Attention obséquieuse
    Pour son digne hôte; il est tout soin;
   Puis à l'écart il se tient dans un coin,
Grignotant d'un pain bis la croûte rocailleuse.
    Milord, d'une dent dédaigneuse
    Semble à peine effleurer les mets.
Après les premiers coups de dents, il dit: Eh mais!
Dans un pareil désert quelle affreuse existence!
    Puisque, comme l'humaine engeance,
Rats de ville et des champs tous sont nés pour la mort,
   Pourquoi ne pas embellir notre sort!
Quand il peut comme lui vivre dans l'abondance,
    Son vieil ami n'a-t-il pas tort
    De refuser la jouissance
De biens si courts, hélas! Venez sous nos lambris.
    A ces mots, vous voyez sans doute
    Notre vieille paire d'amis
Trinquer le dernier coup, sauter, se mettre en route,
Arriver à l'hôtel; c'est-là qu'il fait beau voir
L'empressement poli du lord, pour recevoir
    Dignement son vieil hôte agreste;
    On ne l'a jamais vu si leste.
    Il va, vient, il se met en veste,
Pour que tout vienne à point à ses soins diligens.
Il goûte tous les mets, il sourit en silence
De l'ébahissement, de la reconnaissance
De son rustique ami. De reliefs d'ortolans,

Servis dans la vaisselle plate ,
Ils allaient approcher la dent ; quand d'une chatte
On entend les miaulemens ;
Elle approche ; soudain notre couple détale.
On peut approuver la morale
Qu'à ce sujet fait notre rat des champs ,
En reprenant au plus vîte la route
De son vieux trou. De son ami les biens
Ne sont pas sans dangers sans doûte ,
Mais son trou n'a-t-il pas les siens ?
A-t-il toujours une chétive croûte
A grignoter ? Coûte qui coûte ,
Le plus déplorable destin ,
Celui seul qu'il faut qu'on redoute ,
C'est de n'avoir, ou de ne gagner rien.

Les Epoux se plaignant au Sort.

Le sort enfin prenant quelque pitié
Des victimes du mariage ,
Par son ordre il fut publié
Dans la ville, comme au village ,
Que tout conjoint prouvant que sa moitié
Le rendait par trop misérable ,
Pourvu qu'il fût lui-même irréprochable ,
Homme ou femme, en serait aussitôt délivré.

Or cette clause était un moyen bien trouvé
Pour que le sort n'eût pas trop de besogne.

L'Ivrognesse.

Se présente d'abord un homme à rouge trogne;
    Il venait se plaindre au destin
    Qu'il l'eût nanti d'une ivrognesse.
Il faut, dit-il, qu'elle ait la goutte, du matin;
    Du reste, c'est une bonne diablesse,
N'ayant que ce défaut, mais, diable, c'en est un!
    Et toi, lui dit le sort avec rudesse,
A peine s'il fait jour et tu n'es pas à jeûn.
    Quoi, dit l'autre, suis-je à confesse?
    Femme, allons, reviens-t'en; eh bien!
Les momens où tu cuveras ton vin
Seront pour moi des momens de liesse.

La Coquette.

On voit venir un homme, il n'est pas encor vieux,
Mais il a pris pour femme une jeune coquette
    Le ruinant par sa toilette;
    Notez qu'il en est amoureux,
    Et, qu'étant parcimonieux,
Il voulait seulement faire peur à sa femme.

Il dit au sort : Vous saurez que madame
Aime à briller partout, de près, de loin ;
C'est tous les jours nouvelle emplète à faire,
Tous les jours un nouveau besoin.
— Mais ce n'est que pour mieux te plaire,
Dit le sort : le jaloux mari,
De ce qu'il vient d'entendre émerveillé, ravi :
O sort ! dit-il, rejette ma prière ;
Si l'on m'aime, après tout, je n'ai plus de souci.

L'Infidèle.

D'un destin tout-à-fait contraire
Un troisième se plaint. D'un grand nombre de sots
Sa femme le fait le confrère.
Il a, dit-on, un et plusieurs rivaux ;
Il en jette des cris, mais les cris les plus hauts.
Il l'ignorait, comme c'est l'ordinaire ;
Car, pour diminuer ses torts et ses défauts,
Madame en était plus aimable.
Jusqu'alors il coulait, le jour, sa vie en paix !
Il savourait encor quelque nuit délectable !
Mais ce fatal secret trouble son âme... mais...
Oh ! dit le sort, le cas est d'importance ;
Mais prenez garde un jour d'en être au repentir.
Mettez aussi la main sur votre conscience.

Je vous donne trois jours pour y bien réfléchir.
   On ne vit pas notre époux revenir;
     Le sort l'avait prévu d'avance.

~~~~~~~~~~~~~~~~

Madame Honesta.

Accourt un quatrième. Oh bien ! pour celui-là ,
Dit le sort , écoutons toute sa kirielle.
On l'avait affublé d'une dame Honesta ;
De beaucoup de vertus c'était bien le modèle ;
Mille charmes encor , certe , on lui trouvera.
Mais elle est d'une humeur et mobile et quinteuse ,
    Acrement sage et vertueuse ,
Vous criant à jamais que, pour vous seul, elle a
Refusé maint parti qui l'eût rendue heureuse ;
Prétendant qu'un mari doit toujours être amant.
Rêvant les temps heureux des preux, des Clidamant,
Elle avait de l'hymen tiré cet horoscope,
Habituée à faire en tout ses volontés,
Voyant vos moindres torts avec un microscope,
    Aux moindres contrariétés,
    Pour des riens mal interprêtés,
    Tombant en fureur, en syncope;
Délivrez-m'en, ô sort, ô sort! délivrez-m'en !
Disait notre homme, autant vaut-il être au carcan.
Mais, après tout, elle est honnête et ménagère,
Dit le sort, si tu veux, on t'en délivrera,

Mais tu n'es pas sans torts dans cette affaire.
Tu devais ménager son cœur, son caractère;
Aussi, pour te punir, mon cher, il te faudra
Subir un autre hymen, choisir une autre chaîne.
    — Une autre chaîne! oh bien! en ce cas là,
Dit l'homme, j'aime autant garder mon inhumaine :
    N'a pas toujours qui veut une Honesta.

Conclusion.

    Que conclure de tout celà ?
Car on n'en finit pas quand on tient ce chapitre.
C'est que l'on pourrait voir bien plus d'hymens heureux;
Ou, comme dit Saint Paul, dans une belle épître,
Prendre femme est fort bien, n'en pas prendre vaut mieux,
    On faisait observer au sort que nulle femme
      Ne fit de réclamation.
    Oh bien! dit-il, en voici la raison :
Il lui faut bien peu d'art pour que dans la maison
    La femme soit bientôt maîtresse et dame,
      L'est-elle? Alors elle y tient bon.

Le Sansonnet et le Tourtereau.

Que ta plaintive ritournelle
A quelque chose d'assommant !

A tourtereau près de sa tourterelle
    Disait un sansonnet charmant,
    Je ne sais si je suis plus sage;
    Mais, en hiver comme au printemps,
    Même dans le fort de l'orage,
    Si je ne suspends mon ramage,
    Ce sont au moins de joyeux chants.
Parfois aussi l'on entend Philomèle
    Soupirer des sons bien dolens;
Mais on dirait que c'est par ses divins accens
Pour nous dédommager ensuite de plus belle;
    Tandis que, chez vous, en tout temps,
    Votre amour n'est que doléance.
    Avant, pendant, comme après le plaisir,
    On vous entend toujours gémir.
Las ! dit le tourtereau, c'est que... c'est que d'avance
    Nous gémissons de sa courte existence.

Mieux que ce tourtereau, je ne sais quel penseur
    Fit la réflexion profonde
    Que tout dans ce drôle de monde
    A dans la voix l'accent de la douleur.
    Le sifflement aigu du vent de bise,
Le vrai rugissement de ce flot qui se brise,
D'une Pasiphaë les longs mugissemens,
    De mon chat les miaulemens,
    Ce petit ruisseau qui *susurre*,
Bref, les soupirs sans fin des plus heureux amans ;

Tout nous dit que dans la nature
Il n'est pas une créature,
Bêtes et gens,
De son état présent qui ne murmure.

~~~~~~~~~~~~~~~~~~~~~

Le Chevreuil infidèle.

Dans la préface de ses fables,
Florian dit que le chevreuil,
Des animaux, certe, un des plus aimables,
Pour humilier notre orgueil,
Du bonheur domestique offre à nos yeux l'image.
Là, d'hymen et de parentage
On voit plus d'un couple lié :
Des guèbres ils suivent l'usage.
Là, nœud d'amour, (nœud d'amitié
Lui succédant toujours en mariage)
N'est rompu que par le veuvage.
J'en connus un pourtant, par la fougue de l'âge,
Par les passions emporté,
Beau, jeune, ardent, ayant maint avantage
Sur ses pareils, qui, cessant d'être sage,
Livra son cœur à l'infidélité,
Qui, délaissant sa sœur et sa compagne,
D'autres appas, d'autres charmes épris,
De bois en bois, de montagne en montagne,

Nouveau Gallus suivait sa Lycoris.
    Bientôt même, étouffant les cris
    Du remords, de la conscience,
Ils vivent en époux, elle lui donne un fils.
    La mort enfin, dans ce seul cas, je pense,
Juste, inopinément, brisa, tarit le cours
    De ces illicites amours.
    De Lycoris et de ses charmes
Il ne reste plus rien, plus rien en peu de jours !
Le chevreuil en versa de si sincères larmes,
Que, quoiqu'en le blâmant, mon cœur y compâtit.
Si vous me demandez ce que par suite il fit :
    Il reprit sa première chaîne.

Jeune, on peut s'égarer; mais, tôt ou tard, le cœur
Reconnaît son devoir. La passion entraîne;
Mais la famille seule offre le vrai bonheur.

La Fontaine et l'abbé Cottin.

Je conçois maintenant, belle La Sablière,
Que pour vous l'ami Jean ne fut qu'un sablier,
    Tous les matins sans doute au déjeûner,
Apportant fable ou conte, ainsi que le rosier
Des belles, sans effort, se trouve tributaire.
    Mais croira-t-on que ce charmant conteur
    Qui, dans sa grâce naturelle,

7

N'aura jamais de digne imitateur,
Fut ennuyeux, distrait, même auprès d'une belle?
   Ce n'était plus le Jean de ses récits,
   On dit qu'un jour, comme, à votre toilette,
C'était l'usage alors, se trouvaient réunis
   Plus d'un auteur muni de sa tablette,
   Maints grands seigneurs et force beaux esprits,
L'abbé Cottin, brillant parmi les agréables,
    A la dame de la maison
Adressant madrigaux, bouts rimés pitoyables,
    Sur notre producteur de fables
    Parfois lançait quelque lardon,
Avec son air dandin et ses contes coupables,
Comment, dit-il, cet homme a-t-il quelque renom?
    Racine ainsi le dispute à Pradon;
On vante ses pigeons, moi, je ne puis les lire
Jusqu'au bout. En son coin l'ami Jean ne répond;
    Cottin de triompher, de dire,
   Bah! son esprit avec Jeannot lapin
    Trotte par champs; chacun de rire;
Quand La Fontaine, avec un air et calme et fin:
    Une rose venait d'éclore,
Dit-il, (tous de prêter profonde attention)
   Venait d'éclore, et soudain le frelon
Qui la guettait, n'étant encore que bouton,
Avant qu'elle ait reçu les larmes de l'aurore,
   Vient la presser de son lourd aiguillon.
On vante cette fleur, dit-il, c'est sans raison.

Je suis bien de l'avis de maître Aliboron ;
Quelle fadeur ! — Pour vous mon suc est inodore,
Dit la rose, il vous faut du plus piquant ; encore
    Si c'était l'abeille, en mon sein
   Qui vînt pomper cet utile butin
   Dont, avec art, sa constance élabore
   Ces riches dons, ces trésors précieux
Qui parent et la table et les autels des dieux ;
Mais vous, qu'en faites vous ? Rien ou fort peu de chose,
  Mauvaise encore. De ma frivolité,
    Et de notre inutilité
   On dit que, parmi vous, l'on glose ;
Mais tant que chaque année aura son doux printemps,
    Auprès des belles, en tout temps,
Nous aurons quelque prix et sur vous la victoire.
   Mon cher monsieur, voilà l'histoire,
  Dit La Fontaine à Cottin tout surpris,
  De l'apologue et de vos lourds écrits.
    Tous les rieurs, on peut m'en croire,
  De son côté se sont bientôt remis.

La Fontaine chez Ninon.

Un soir, chez la belle Ninon,
La plus brillante compagnie
Effleurait ou traitait à fond

Maint sujet de philosophie,

 - Auxquels s'entremêlaient, dit-on,

Doux propos de galanterie.

Enfin, la conversation

Vint à tourner sur la coquetterie.

Chacune veut avoir la définition

D'un sentiment parfois le charme de la vie,

Et parfois aussi son tourment !

Chacun dit son mot ; le silence

Ou le souris malin de Céline et d'Hortense

En disait plus que le raisonnement

Le plus savant.

Se retournant vers La Fontaine,

Ninon lui dit : Eh bien ! Est-ce que ces sujets

Ne sont pas de votre domaine ?

L'ami Jean répond : J'y songeais.

Puis il débute ainsi quelques momens après :

La violette avec la sensitive

Eurent, un jour, une explication,

Explication même vive

Pour leurs deux naturels, qu'on croit avec raison

N'être pas partisans de la criaillerie.

Toutes les deux, avec aigreur,

Se taxaient de coquetterie.

Oui, ma sœur, ma très-chère sœur,

Disait notre humble violette,

Se reculer, fermer son sein,

Reparaître, et bientôt se refermer soudain,

Pour peu qu'on vous tende la main,
C'est, n'en déplaise à votre humeur discrète,
Le manége d'une coquette.
Et vous, reprend l'autre, avec soin
Lorsque vous cachant sous l'herbette,
Vous répandez autour de vous, au loin,
Les doux esprits d'une essence parfaite,
Pour qu'on vous cherche, eh bien! répondez-moi?
N'est-ce pas là, je vous en prie,
De la fine coquetterie?
Vous êtes des enfans, leur dit la rose; eh quoi!
Pouvez-vous bien ainsi médire
D'un sentiment qui vit dans tout ce qui respire,
Tout autant que l'amour de soi!
Je ne suis pas coquette, et franchement j'exhale
Mes parfums, ainsi que j'étale
Et boutons et couleurs: cependant, entre nous,
Ma faible épine est moins pour me défendre,
Que pour mieux déguiser un sentiment trop doux,
Impérieux autant que tendre,
Cet inexprimable désir
De me voir admirer, cueillir,
De ne pas me sentir sur ma tige flétrir.
Croyez-moi, la coquetterie
Est innée avec toute vie.
Elle est sensible dans la fleur,
Adroite, insinuante au cœur, ainsi qu'en l'âme
Et de la vierge et de la femme;

Les hommes même ont bien aussi la leur.
La Fontaine se tut : ce dernier mot fait rire.
Personne n'ayant rien à dire,
Un chacun est de son avis,
Et Sévigné le paya d'un souris.

La Fontaine et le Charlatan.

On aime à voir un héros, un génie,
Par des habitudes, des goûts,
Rentrant dans la commune vie,
Se rappetisser près de nous.
J'aime à voir Alexandre auprès d'un Diogène;
Mais j'aime mieux voir un Philopémène
De son hôte fendant le bois;
J'aime encor mieux voir deux de nos grands rois,
Oubliant de leur cour la splendeur souveraine,
Des ingrats l'intrigue ou la haine,
L'un, ayant son enfant à cheval sur son dos,
Et l'autre patrouillant la pâtée à sa chienne.
Mais, puisque ces grands noms ici nous font défauts,
Je vais rentrer dans mon domaine,
Et vous citer de La Fontaine,
(Car vous savez qu'il est, lui, mon héros,)
Un trait de cette bonhomie
Qui du bon, de l'aimable Jean

Fait encor plus admirer le génie.

Depuis un mois un charlatan

Faisait foule, parlant, agissant en prophète.

Il devait de son coq vivant

Couper, trancher et séparer la tête,

Et la lui remettre à l'instant.

Ressusciter ainsi la pauvre bête,

Voilà, messieurs, voilà le surprenant,

Le merveilleux ! l'admirable !... Pourtant

Le bon public est toujours attendant.

Chaque jour un petit obstacle,

Des tours nouveaux suivant un nouveau tour,

Il remettait de jour en jour

L'opération du miracle.

La Fontaine ennuié s'en plaint. Il se plaint haut

Du charlatan et de tout son mystère.

Que j'aurais voulu voir sa mine, entendre un mot

Peignant son dépit, sa colère !

Quoi ! lui dit un jeune grimaud,

Est-ce que vous croyez, monsieur de La Fontaine,

Qu'il ressusciterait son coq?

Oh ! c'est une calembredaine

Bonne au plus pour quelque marmot.

Oh bah ! dit l'ami Jean, quel conte !

Depuis près d'un mois, moi, j'y compte,

Il nous fait croquer le marmot.

Du public se jouer ainsi, c'est une honte.

Tous de rire ; et pourtant Jean n'était pas un sot.

D'être sot comme lui, je ferais bien mon compte.

~~~~~~~~~~~~~~~~~~~~~~~~

Le J'y allais de La Fontaine.

    De tous les mots partis du cœur,
Au génie échappés sans y penser, sans peine,
En est-il un plus vrai, plus doux, plus enchanteur
    Que celui-ci de La Fontaine ?
  Comme il venait d'éprouver le malheur
    De perdre une amie, une sœur,
    Et même on peut dire une mère
Dans celle dont il peint si bien le caractère [1]
Et dont il fut vingt ans, l'ami, le fablier,
    Dans madame La Sablière.
  Il allait donc, il allait, tout entier
    Absorbé dans ses rêveries ;
    Quand il rencontre aux Tuileries
    D'Hervart, encore un vieil ami !
    (Se saisissant la dextre l'un et l'autre,)
    C'est vous, dit d'Hervart attendri,
  Je suis charmé de vous trouver ici.
Ma femme et moi savons quelle peine est la vôtre.
Votre cœur a besoin de consolation,

---

[1] LA FONTAINE. Livre 1er, fable 10.

Vous en trouverez dans le nôtre ;
Vous ne ferez que changer de maison ;
J'allais vous proposer de loger dans la mienne.
J'y allais, répond La Fontaine.

De ce sublime *j'y allais*, (2)
Chauds sectateurs du romantique,
Froids partisans du vieux classique,
Que pensez-vous ? Qu'il soit latin, grec, ou français,
Ce mot, en quelle langue en dit-on un jamais
Plus naturel, plus pathétique !

La Fontaine

Ayant quitté les Champs-Élysées.

Chacun sait de notre ami Jean
Que, pour son siècle, l'âme était indépendante,
Possédant peu, très-peu, l'esprit de courtisan.
Je le soupçonnais bien d'une humeur inconstante
Dont je pensais là-bas qu'il se fût corrigé :

---

(2) Malgré l'hiatus, l'auteur laisse subsister le mot, d'abord
pour n'en pas dénaturer le sublime, et de plus parce qu'il est
de l'avis de Marmontel, qui pense, dans sa poétique française,
page 119 et suivantes, qu'il y en a dont il devrait être permis
d'user sobrement.

Mais il vient d'en donner une preuve évidente,
    Le bonhomme n'est pas changé.
    Depuis long-temps de Rhadamante
    Il sollicitait un congé.
Puisque l'on n'en voit pas revenir, c'est un signe
Que les esprits, là-bas, sont sujets à consigne.
    Ce point pourrait être au long discuté.
    Bref, de l'heureux dormir, du doux rien faire,
Tout partisan qu'il fut, de l'uniformité
Des Champs-Élysiens Jean était dégoûté.
Il eut donc le permis de revenir sur terre.
    Boileau lui dit : Qu'allez-vous faire ?
    Rappelez-vous vos deux pigeons. Hélas !
    Chez les humains, vous ne trouverez pas
L'ombre de notre siècle; à juger, chaque jour,
Parce que nous voyons descendre en nos parages
    De hauts, d'éminens personnages.
    Et de la ville et de la cour.
N'importe, répond Jean, sauf, pendant des années,
A me purifier du terrestre séjour,
Je veux me délasser de vos Champs-Élysées,
    Et là-haut faire un petit tour.
Le voilà donc en route, ayant, pour tout bagage,
    De fables un nouveau recueil
    Qu'il croit pouvoir offrir, avec orgueil,
    A tout sexe comme à tout âge.
Il arrive à Paris, muni de ce trésor.
    Il pense y retrouver encor

Des Sévignés et des La Sablières;
Mais le siècle est changé, c'est celui des lumières !
Qu'est-ce que l'apologue, auprès de son essor !
  S'étant soumis aux humaines misères,
  Étant toujours sans soucis et sans soin,
    Pour l'argent et pour ses affaires,
    Il connaît bientôt le besoin.
    Ni rentier, ni propriétaire,
N'ayant plus à manger ni fonds, ni revenu,
Notre ami Jean bientôt se voit au dépourvu.
    Il se trouve réduit à faire
    De ses fables son gagne-pain.
    Et le voilà, tard et matin,
Du quai des Augustins au bout du quai Voltaire,
Allant, sollicitant imprimeur et libraire,
    Chapeau bas, manuscrit en main.
Avez-vous quelque nom? est la première enquête
    Que chacun lui jette à la tête.
Puis, d'un ton sec, de quoi traite le manuscrit ?
    La Fontaine, d'un air modeste,
    Leur décline son nom, leur dit
Que son recueil n'est qu'un recueil de fables.... Peste,
Des fables, lui dit-on; eh mais! vraiment, mon cher,
    Du temps qui court, vous avez l'air
De venir du Congo... Des fables ! par centaines
On a de ces auteurs, et qui, pour le certain,
    Ont perdu leur temps et leur peine;
Ils pourraient bien auprès mourir de faim.

Votre patron se vend, se vend à peine.
On ne veut que de lui, que du Jean La Fontaine,
Du Jean; mais, si lui-même apportait du nouveau,
Il n'y gagnerait pas même à boire de l'eau.
On ne demande plus de fables ni d'histoires.
Ce qu'un public blasé veut, ce sont des mémoires
De forçats, de voleurs, et pour le moins d'escroc.
On ne veut déjà plus de la contemporaine.
 Bonsoir, monsieur de La Fontaine!
 Si vous n'avez pas du Vidocq,
 Bon soir. — Quel goût, bon dieu! sous quel auspice
 Suis-je venu? — Goût tant que vous voudrez;
Mais, si votre recueil me met droit à l'hospice,
Quand je fais de l'argent des forçats libérés,
 Les forçats seront préférés.
 Tout enfoncé de cette rebuffade,
Jean grille de revoir le lieu qu'il a quitté.
Dût-il errer cent ans sur les bords du Léthé
 Pour expier son incartade.

La Fontaine

De retour aux Champs-Élysées.

D'un caprice indiscret l'âme désabusée,
Dans son empressement à quitter ce Paris
 Pour rejoindre ses bons amis,

Sous les bosquets de l'Elysée,
L'ami Jean, par nature, oublieux et distrait,
Oubliait qu'il promit à Racine, à Molière
De rapporter le plus qu'il le pourrait
Aux belles Sévigné, Ninon, La Sablière,
De ces bruits, de ces tours, de ces traits, de ces riens
Qui, dans l'Olympe, aussi bien que sur terre,
Délicieusement charment les entretiens.
Aux promesses qu'il leur a faites
Il pense suppléer par diverses gazettes;
Il a tort, et ce trait est bien de sa façon.
Ce n'est plus le narré, le ton
Des plus minces historiettes
De certain cercle et de certain salon.
Pourtant, quoiqu'à courir de libraire en libraire,
Et d'imprimeur en imprimeur,
Il ait passé presque son temps sur terre,
Notre ami Jean est trop observateur
Pour ne s'en pas tirer avec honneur.
Pour amuser la béate paresse
De ses amis les bienheureux,
L'ami Jean n'a besoin que d'une histoire ou deux
Par lui contée avec cette simplesse
Qui le rend si délicieux.
A peine il a dépassé le Ténare
Que son bon ami Pélisson
Dont l'âme avec la sienne était à l'unisson,
Qui trouva son caprice excusable et barbare,

Sans lui faire d'autre leçon,
L'embrasse. Oh ! que sur cette terre
D'une telle embrassade on ne se doute guère !
Il le ramène enfin sous ces bosquets
Où de la véritable paix,
De repos, de bonheur chaque âme se sature.
A son entrée un doux murmure
Annonce le plaisir que cause son retour.
Au grand Roi qui, dans ce séjour,
Sait mieux apprécier l'ami de la nature,
Il fait d'abord son doigt de cour.
Le roi législateur s'informe de son frère !
Bientôt chacun de ses amis
L'interroge, chacun suivant son caractère.
Tous aiment encor leur pays !
Que de portraits ici je pourrais faire !
Mais en vain Racine et Molière
S'attendent à quelques récits.
Pour oublier les dégoûts, les mépris
Qu'il avait essuyés sur terre,
Sans réfléchir à leur propriété,
L'ami Jean, s'étant mis à boire
Des eaux du bon fleuve Léthé,
Avait perdu tout-à-fait la mémoire.
J'en suis fâché, lecteur, il nous aurait conté
Sans doute quelque bonne histoire.
Notre siècle en fournit à la malignité.

Mais de son naturel il se fût écarté.

Le Fabuliste et son Censeur.

ÉPILOGUE.

Entre mon sévère censeur
Et moi, vieux faiseur d'apologue,
Permettez-moi de vous narrer, lecteur,
Et nos réflexions et notre dialogue.
A maint sujet déjà traité
Par les anciens et par le maître,
As-tu bien la témérité
De t'attacher encor? Tu crois par-là peut-être
Aller à l'immortalité.
Tu pourrais bien te fourvoyer, me semble.
Ainsi notre censeur entame l'entretien.
As-tu du nouveau?—Oui. —Quoi?—Le loup et le chien.
— Le loup et le chien! diable! eh bien!
Voyons, lis : je lis; ma voix tremble;
A la première fois il ne témoigne rien,
Je tremble moins : relis, dit-il; à la seconde,
Il se dit à part soi, quoique bas, eh mais!.. bien.
Est-ce noble amour-propre ou vanité profonde?....
Ne sais, ne sais, mais tous les biens du monde
M'eussent mille fois moins flatté.
Le premier mouvement est toujours vérité,

Telle sera l'opinon publique,
Tout auteur doit tribut au malin, au critique,
   Mais il peut juger son succès
Au premier mouvement d'un lecteur, même unique.
Qu'après vous avoir lu, ce lecteur dise : Eh mais !
Revoyons !... ce qu'il lit n'est donc pas si mauvais ;
   Qu'importe ensuite ce qu'il dise,
Muse ! il a dit : eh mais !... que ce mot te suffise ;
   Il te fait gagner ton procès.

FIN DU TOME PREMIER.

TABLE DES MATIÈRES

DU PREMIER VOLUME.

(1) Cette colonne indique le nombre de vers de chaque pièce.

LIVRE SECOND.

LIVRE TROISIÈME.

LIVRE QUATRIÈME.

LIVRE CINQUIÈME.

www.ingramcontent.com/pod-product-compliance
Lightning Source LLC
Chambersburg PA
CBHW051136260626
47170CB00005B/1848